독자님, 이렇게 책으로 만나뵙게 되어 영광입니다.

블로그, SNS, 유튜브 등에 이 책을 읽은 리뷰를 남겨주시면

큰 힘이 됩니다.

리뷰에는 사진을 찍어 올려주시면 더욱 감사합니다♡

동영상으로 촬영하셔도 됩니다.

독자님의 따뜻한 감상평은 독서의 시간을 더욱 아름답게 할 것입니다.

앞으로도 더 좋은 책으로 만나뵙겠습니다.

포기하지 않고 기다리니
진짜 행복이 왔어

포기하지 않고 기다리니
진짜 행복이 왔어

초판 1쇄 발행 | 2020년 5월 20일

지은이 | 이원자
펴낸이 | 김지연
펴낸곳 | 마음세상

주 소 | 경기도 파주시 한빛로 70 515-501

신고번호 | 제406-2011-000024호
신고일자 | 2011년 3월 7일

ISBN | 979-11-5636-402-3 (03810)

원고투고 | maumsesang2@nate.com

* 값 13,200원

* 마음세상은 삶의 감동을 이끌어내는 진솔한 책을 발간하
고 있습니다. 참신한 원고가 준비되셨다면 망설이지 마시고
연락주세요.
이 도서의 국립중앙도서관 출판예정도서목록(CIP)은 서지
정보유통지원시스템 홈페이지(http://seoji.nl.go.kr)와 국가
자료종합목록 구축시스템(http://kolis-net.nl.go.kr)에서 이
용하실 수 있습니다. (CIP제어번호 : CIP2020015921)

포기하지 않고 기다리니
진짜 행복이 왔어

이원자 지음

마음세상

들어가는 글

이 세상 모든 이들은 저마다 다양한 고통을 수반하며 인생을 살아간다. 나 또한 고통에 몸부림치며 살아왔다. 가난과 엄마 없는 삶도 힘들었지만 나를 가장 짓눌렀던 건 알코올 중독인 아버지를 지켜보는 것이었다. 알코올 중독인 아버지를 지켜보다 못해 심각한 우울증에 시달리게 되었다. 우울증이 슬며시 다가와 나의 온 인생을 적시는 것도 모자라 눌러 앉아버렸다.

언제까지 이렇게 살 것인가. 우울하지 않은 밝은 삶을 살고 싶었다. 우울증에서 벗어나기 위해 부모교육, 심리치료를 받았고 도움이 될 만한 책들을 찾아보면서 죽을힘을 다하여 노력했다. 가만히 있지 않고 열악한 집안 환경을 인내하면서 수용했으며 방법을 찾아 움직였고 실천에 옮겼다. 우울증에서의 탈피가 어떤 정답이 있는 것이 아니다. 방법을 찾아 여러 가지를 경험하다 보면 자연스럽게 활기가 생겨 우울증이 해소된다. 우울증을 방치하지 말고 벗어나기 위해 움직여보라고 말하고 싶다. 여러 가지 방법으로 움직이며 노력하다 보면 그 과정에서 우울증의 정도가 약해진다. 집에 은둔하지 말고 무엇이든지 찾아 집 밖으로 나가 제발 적극적으로 움직여 보라고 말하고 싶다.

심각한 우울증에 시달렸던 나의 인생 이야기가 담긴 책을 공개한다는 것이 고민이었다. 또한, 아버지의 내밀한 부분까지 드러내야 한다는 것이 두려웠다. 하지만 나처럼 고통받는 독자들에게 우울증은 얼마든지 극복할 수 있는 것이라고, 우울증을 극복한 후 얼마든지 행복하게 살아갈 수 있다는 것을 알려주고 싶었다. 나의 이야기가 담긴 책을 통해 독서로 우울증 조절하기, 우울증 극복하기가 가능했다는 것을 전하고 싶다.

고통으로 몸부림치던 지난날들이 서러웠다. 내 인생이 산산이 부서지는 것만 같았다. 이런 내가 결혼하여 아내로, 엄마로 행복하게 살아갈 수 있다는 것이 기적이었다. 독서가 아내로, 엄마로 행복하게 살아갈 수 있었던 삶의 원동력이었다. 결국 우울증을 이겨낼 수 있었던 가장 효과적인 방법은 독서였다. 독서는 내게 한 줄기 빛이었다.

저마다의 삶 속에서 다양한 이유로 우울증을 앓고 있는 독자들에게 말해주고 싶다.

아무리 힘들어도 절대로 인생을 포기하지 말라고, 당당하게 살아내라고. 부끄럽지만 우울증을 당당히 이겨내고 나서야 평범한 삶을 살 수 있었던 나의 이야기가 담긴 이 책이 독자들에게 촉촉한 단비가 내린 것처럼 위로와 힘이 되기를 진심으로 바란다.

들어가는글 … 6

제1장 엄마 없는 하늘 아래
      엄마가 사라졌다 … 11
      혼자서 살아갈 힘 … 15
      자식과 부모 역할이 바뀌다 … 19
      말하고 싶지 않은 비밀 … 24
      아마도 내가 태어나기 전부터 … 27
      밉지만 미워할 수 없었던 할머니 … 30
      나, 오빠, 동생의 삶은 시작이 똑같았다 … 35
      오빠가 부모였다 … 39

제2장 반갑지 않아, 우울증
      수치스러운 아버지 … 45
      제발 자식들 좀 살려 주세요 … 50
      우울증이 내게 인사한다 … 55
      남자친구를 만나니 … 61
      나의 페르소나(가면) … 65
      아버지는 여전히 … 70

제3장 내가 살아야 했다
      내가 선택한 비상구 … 76
      손끝에서 내가 다시 태어나다, 핸드메이드 … 80
      내 마음에 무지개를 선물하다, 그림 … 85
      발길 닿는 대로 떠나다, 여행 … 89

달콤하고도 불편하다, 심리치료 … 94

글자들이 말을 걸다, 독서 … 99

위로받다, 기도 … 103

여전히 힘들지만 … 107

제4장 아버지를 다시 생각해 보다

아버지의 인생이란 … 113

술이 원수 … 118

아버지의 눈물과 웃음 … 123

숲 해설가를 닮은 아버지 … 128

아버지를 위해 검색창을 열다 … 133

제5장 지금의 내 삶은 기적

교회 종이 울린다 … 139

이불 한 채 사줄게 … 144

두메산골 너머 다른 세상 … 149

무작정 서울로 … 154

결혼하게 되다니 … 159

엄마가 되다 … 164

아내로, 엄마로 살아가다니 … 170

기적, 함께 만들어가요 … 175

마치는글 … 179

제1장

엄마 없는 하늘 아래

엄마가 사라졌다

엄마는 고부갈등, 부부갈등, 경제적 어려움으로 마음고생을 많이 했다. 참고 견디다 급기야 3학년 때 집을 나갔다. 우리 집은 동네에서 제일 가난했다. 허름한 집에 제대로 된 물건은 집안 어디에도 없었다. 가난한 데다 엄마까지 집을 나갔으니 학교에 가기가 싫었다. 어느 날 갑자기 사라진 엄마의 빈자리가 이렇게 큰 건지 몰랐다. 아무리 세월이 흘러도 잊히지 않는 생생한 아픈 기억들이 있다.

학교 수업이 끝났다.
비가 많이 내렸다. 우산도 없는데.
집에 가려면 한 시간 정도 걸어가야 했다.
친구들은 엄마가 우산을 챙겨와 기다리고 있었다.

얼굴에서 물이 흘렀다. 눈물인지 빗물인지.

"엄마 찾아 삼만리."
만화 노래가 흘러나왔다.
동생이 엉엉 울었다.
할머니와 나도 같이 울었다.
그날따라 엄마가 무척 보고 싶었나 보다.

소풍 가는 날이었다.
할머니는 김밥 싸는 방법을 몰랐나 보다.
시금치를 고추장에 무쳐서 김밥을 만들어줬다.
소풍하여서 도시락 뚜껑을 열어보니 김밥이 빨갛다.
다 쉬어 있었다.
동생과 함께 먹을 점심이 없는 것이 창피해서 친구들과 멀리 떨어져 있었다.
'친구는 엄마가 도넛도 만들어오셨네.'

밭에서 일하는 할머니, 아버지가 먹을 새참을 만들어 이동 중이었다.
비포장도로 저 멀리서 버스가 오고 있다.
오빠와 나, 동생은 새참으로 들고 가던 밥상을 들고 우왕좌왕 풀숲에 간신히 숨었다.

중학교 수학 수업 시간이었다.
앞으로 나가 칠판에 있는 수학 문제를 풀었다.
틀려서 발바닥을 맞았다.
신을 양말이 없었는데 하필이면 아버지 양말을 신고 간 날 맞았다.
양말이 너무 커서 앞부분이 늘어져 있었다.
모든 친구가 보는 앞에서 발바닥을 보이며 맞았다.

발바닥보다 마음이 따가웠다.
교실 밖으로 뛰쳐나가고 싶었다.
그 수학 선생님이 담임 선생님이었다.
담임 선생님은 내가 가난해 보였는지 반에서 불우한 학생으로 선정을 하였다.
가정형편이 어려운 학생에게 주는 학용품을 이번에는 전교생 앞에서 받았다.
사라지고 싶었다.

눈이 수북하게 쌓여 온 세상이 하얗다.
오빠, 나, 동생은 바닥이 뜨거운 방에 나란히 누워 있었다.
수시로 방 밖으로 나가 번갈아 가며 토했다.
독감에 걸렸다.
할머니는 죽만 끓여 날랐다.
먹을 약이 없었다.
일주일을 버텼다.

　엄마의 빈자리는 수도 없이 많았다. 아파도 병원에 한 번 간 기억이 없다. 제대로 된 옷이 없어 할머니한테 조르고 졸라야 그나마 시장에서 제일 싼 옷을 사 입을 수 있었다. 맛있는 음식이나 간식은 기대도 할 수 없었다. 농사를 지으며 자급자족하는 원초적인 삶을 살아야 했다. 엄마와 함께 다니던 목욕탕도 다시는 가지 못했다.

　초등학교 학교별 합창대회가 있었다. 준비물은 하얀 블라우스에 청반바지였던 것으로 기억된다. 합창단원 모두가 블라우스를 입었는데 나와 동생만 없었다. 아버지한테 여러 번 말했었는데 늘 잊었다. 선생님께 많이 혼났다. 그 후에 아버지한테 급하게 말해 블라우스를 어렵게 장만했다. 늘 술만 먹는 아버지는 우리 삼 남매를 제대로 챙겨주지 않았다.

성인이 되어서야 엄마와 연락이 닿았다. 오빠가 결혼을 앞두고 그래도 엄마라고 배우자를 소개한다고 했다. 엄마와 전화 통화를 하게 됐다.

"엄마는 오빠 결혼식에 참석할 자격이 없어요."

단호하게 말했다. 엄마는 말이 없었다.

며칠 후 이모에게 전화가 걸려왔다.

"네가 엄마한테 오빠 결혼식에 참석할 자격이 없다고 했니? 어떻게 그런 말을 하니? 팔은 안으로 굽는 거야."

이모는 엄마 역성을 든다. 상처투성이로 얼룩져 분노에 찬 조카한테 위로는 못할망정 팔은 안으로 굽는다니 우리가 남이었나 기가 막혔다. 이모와 통화한 이후 엄마가 더 미워졌다. 엄마가 결혼식에 참석하겠다고 하지는 않았다. 분노가 치밀어서 마구 아무 말이나 쏟아냈다. 오빠는 그렇게 엄마 없는 결혼식을 올렸다. 끝까지 책임져주지 않아도 괜찮았다. 우리가 성인이 될 때까지 연락이 없었던 엄마가 미웠고 용서하고 싶지 않았다.

몇 년 후 나의 결혼식 날짜가 다가왔다. 막상 결혼 당사자가 되니 엄마 없는 결혼식을 해야 한다는 것에 걱정이 앞섰다. 주눅 들지 않고 당당하고 싶었는데 하염없이 눈물이 흘렀다. 한바탕하고 싶었던 말을 쏟아내서였는지 엄마에 대한 미움이 덜 했다. 결혼식 후 엄마와 만나 남편을 소개했다. 첫아이를 낳아 돌이 될 때까지 가끔 연락을 받았다. 둘째 아이를 낳고 아이가 둘이 되다 보니 또다시 엄마가 한없이 원망스러웠다. 아이를 낳을 때와 몸조리 할 때 힘들었던 마음을 주체할 수 없었다. 이 힘듦을 어디에 호소해야 하는가. 엄마라는 자리가 엄마가 된 나를 알아주고 이해해줄 수 있는데 그런 엄마가 없다는 것에 서러웠다.

혼자서 살아갈 힘

엄마는 키가 아주 작았고 뽀얀 얼굴에 커다란 눈이 인상적이다. 환하게 웃으면 마음이 훈훈해졌다. 늘 분주하게 움직이며 바쁘게 살았던 것으로 기억된다. 엄마를 떠올리면 선명하게 기억나는 추억 몇 가지가 있다. 칭찬해주던 엄마의 모습, 엄마 등에 업혔을 때의 따듯했던 등과 직접 만들어 준 간식과 밥, 시장에서 사다 줬던 초록색 옷에 대한 추억이다. 수십 년의 세월이 흘렀는데 어제 일처럼 선명하다.

방과 후 쏜살같이 집으로 갔다.

"엄마, 이거요. 대회에서 상 받았어요."

엄마가 부엌에서 나오더니 "그림 그리기 해서 상 받아왔네? 어이구 잘했네." 라며 칭찬해줬다.

엄마를 그렸는데 상을 받았다. 초등학교 들어가서 처음으로 받은 상이었다. 엄마는 활짝 웃으며 좋아했다. 늘 병치레를 했던 내가 상을 받아왔다는 것에 그저 기뻤었나 보다. 엄마한테 칭찬을 받으니 무엇이든 자신이 생겼다. 유난히도 병치레가 심했던 나는 엄마 등에 업혀 병원 갈 때가 많았다. 감기, 귓병, 치통 등 많이 아프다 보니 병원을 자주 갔던 기억이 났다. 한밤에 이가 아파지기 시작했다. 엄마는 뜨거운 물을 얼른 가져와서 입에 물고 있으라고 했다. 그러면 아팠던 이가 나아졌다.

온 동네 아이들이 모여 숨바꼭질 놀이를 시작했다. 중학생 오빠들, 초등학교 언니들, 동생들이 모두 모였다. 거대한 숨바꼭질 놀이가 펼쳐졌다. 열심히 숨었다는 곳이 외양간이었다. 똥을 밟았다. 재미있다가 갑자기 울상이 되어버렸다. 엄마한테 말했더니 괜찮다고 하면서 신발을 깨끗하게 씻어줬다. 다시 거대한 숨바꼭질 놀이에 참여했다.

마당에서 참깨를 털고 있는 엄마한테 다가가 졸라댔다.

"엄마, 윗집 친구는 엄마가 맛있는 간식 만들어줬대요. 저도 먹고 싶어요."

"엄마 지금 바쁘니까 참깨 다 털고 해줄게."

일을 끝낸 후 얼른 호떡을 만들어 줬다.

"맛있어?"

"네, 엄청 맛있어요."

신이 나서 먹었다.

여름이 시작될 무렵이면 엄마는 통통하게 잘 열린 오디를 따서 설탕에 재워놓았다가 간식으로 주곤 했다. 오디를 입안 가득히 넣었다. 오디는 입안에서 말랑말랑한 채로 과즙이 탁 터졌다. 이렇게 맛있는 게 또 있을까? 입 주변과 혓바닥은 보라색 물이 들었다.

겨울이 되면 엄마는 가을에 수확했던 밤을 부엌 아궁이 불씨에 구워서 줬다. 노릇노릇하게 익은 밤을 뜨거워서 이쪽 손 저쪽 손으로 옮기며 호호 불어서 한입에 넣었다. 달콤한 밤은 입안에서 눈 녹듯이 금방 사라졌다.

엄마는 갓 지은 뜨거운 밥에 간장과 날계란을 넣고 비벼서 줬다.

"따뜻할 때 얼른 먹어. 그래야 맛있어."

"네, 엄마."

밥이 너무 뜨거워서 더 비비다 보면 계란이 조금 익었다. 호호 불어가며 먹었던 엄마의 간장 계란밥 맛은 잊을 수 없다.

엄마가 시장에 다녀왔다. 동생과 내 옷을 사 왔다며 입어보라고 했다. 위, 아래 초록색 세트로 된 옷은 부드러우면서 약간의 광택이 나는 것이 고급스러워 보였다. 그 옷을 입고 동생과 바깥에 나가면 쌍둥이 같다고 하면서 동네 어른들이 예쁘다고 했다. 좋아서 그 옷을 입고 자꾸 바깥으로 나갔다.

엄마는 가난한 시골 농가에 맏며느리로 시집을 와서 시부모, 시동생들을 보살피며 자식들하고 살아보려고 애를 많이 썼다. 친절하지 않았던 시어머니와 경제적으로 무능했던 남편을 힘들어했다. 무능해도 남편의 배려와 사랑하는 마음이 조금만 있었더라면 견뎠을 텐데, 아버지는 할머니밖에 모르는 세상에 둘도 없는 효자였다.

어느 날 엄마는 우리 삼 남매를 두고 홀연히 집을 떠났다. 엄마가 집을 나갔다는 것을 한참 후에야 알았다. 집을 나간 것이 아니라 멀리 친척 집에 가서 곧 올 거라고 믿었다. 그렇게 떠난 엄마는 내가 성인이 될 때까지 자식들과 연락을 거의 끊었다.

갑자기 사라진 엄마의 빈자리는 생활 속 모든 면에서 크게 느껴졌다. 우주가 사라진 것 같았다. 엄마라는 우주에서 행성이 되어 천방지축 돌아다녔던 나는 우주를 잃어버린 행성이 된 것 같았다. 더 칭찬해줄 엄마도 없었고 엄마가 해주던 빨래, 밥, 간식은 스스로 해결해야 했고 준비해 주던 학교 준비물, 도시락도 할머니가 대신해 줬다. 감정적으로 기쁘거나 힘들 때 말할 대상이 없어졌다는 것이 가장 힘들었다.

할머니와 아버지는 우리들 앞에서 셀 수도 없이 엄마를 향해 "니 엄마는 짐 승보다도 못한 인간이여, 자식 버리고 간 지독한 인간이여." 라며 비방했다.

짐승보다도 못한 인간이라고 세뇌가 되어 엄마 이야기는 꺼내지도 못하며 살았다. 가슴이 답답했다. 엄마 없는 것도 서러운데 우리 앞에서 얼마나 많은 날을 천하의 나쁜 인간이라며 엄마에 대하여 비방했는가. 엄마가 아무리 나쁜 인간이라고 해도 할머니, 아버지가 원망하고 비방하는 이야기는 지긋지긋 해서 듣기 싫었다.

몇 년이 흘러 중학생이 된 후 엄마가 집 나간 이유를 조금은 이해하게 되었 다.

'나 같아도 술주정뱅이 남편에 아들밖에 모르는 불친절한 시어머니는 못 견 뎌, 아 지긋지긋해.'

그러나 우리를 찾아오거나 연락 한번 없었던 엄마가 너무 미웠고 원망하는 마음이 점점 깊어졌다. 엄마라는 사람이 어떻게 그럴 수 있을까. 자식들이 궁 금하지도 않은지 연락 한번 없는 것이 이해할 수 없었다. 엄마를 찾으러 이모 집에 찾아가 봤지만 만날 수도 없었고 목소리조차 들을 수가 없었다. 잔인한 엄마였다. 용서할 수가 없었다. 시집와서 살았던 삶이 자식하고 단절하며 살 정도로 치가 떨렸었나? 알 수 없는 분노가 치밀어 올랐다.

그렇게 초등학교 3학년 때부터 성인이 될 때까지 엄마와 단절된 삶을 살아 야 했다. 어느 순간부터 엄마 없는 삶이 익숙해졌고 그렇게 사는 것이 당연하 게 여겨졌다. 뭐든 스스로 해결하는 것이 습관이 되었다. 성인이 된 후 엄마와 연락이 닿아서 결혼 후 지금까지 연락이 오면 받고 있지만 때때로 찾아오는 분노가 나를 변덕스럽게 만들었다. 어느 날은 세상에서 제일 미워 연락을 끊 어버렸다. 그러다 분노가 가라앉으면 아무렇지 않은 척 전화를 받았다. 그렇 게 간헐적으로 단절을 했다.

자식과 부모 역할이 바뀌다

두메산골의 가난한 농가에서 살았다. 내 고향은 산세가 깊고 물 맑은 곳으로 몇 가구 살지 않는 작은 마을이다. 그 작은 마을에는 조그만 교회가 있다. 하루에 버스가 네 번밖에 오지 않는 마을은 겨울에 눈이 오면 그마저도 끊겼다.

엄마가 집을 나간 후 우리는 자주 주말에 할머니와 밭에 같이 갔다. 중학생이었던 오빠, 초등학생이었던 나와 동생은 밭고랑에서 할머니가 뽑아 놓은 잡초 치우는 일을 도왔다. 동생이 너무 어려서 가끔 커다랗고 넓은 고무통에 잠들어 있곤 했다.

일하던 밭 옆에는 전나무 숲이 우거져 있었다. 아침 일찍 밭에 나가면 그 숲은 습기를 머금고 있었고 이름 모를 새들이 지저귀기 시작했다. 길고 가지런하게 뻗어있는 전나무는 나뭇잎이 싱그러웠다. 상쾌한 기분으로 할머니 일을 도왔다.

할머니가 칭찬하며 웃었다.

"아이고, 잘하네."

그렇게 일손을 돕고 사는 것이 어느 순간부터 습관이 되었고 당연한 일이었다.

우리 집은 주로 밭농사 위주로 농작을 했다. 가장 대표적인 농작물은 담배였다. 봄이 되면 우리는 아버지를 따라 밭에 가서 밭고랑을 만들었다. 담배 포토에 있는 모종을 밭에 심었다. 비닐을 밭고랑마다 씌워놓고 담배가 자라기를 기다렸다. 모종한 담배가 자리 잡으면 씌어 놓았던 비닐에 모종 위치마다 구멍을 뚫어줘야 했다. 구멍 속에서 담배를 꺼낸 다음 담배 주변을 흙으로 단단하게 덮어줬다. 담배가 어느 정도 자라면 순을 쳐져야 했다. 주말이 되면 한동안 오빠, 동생과 함께 담뱃순을 치러 밭으로 향했다. 더울 때 하면 힘든 일이라서 아침 일찍 가야 했다. 밭에는 담배마다 별을 닮은 분홍 꽃이 활짝 피어있었다. 분홍색 꽃밭이 끝도 안 보이게 펼쳐져 있는 모습에 잠시 멈춰 섰다. 힘든데도 분홍색 담배꽃이 눈에 들어왔다. 꽃구경하는 즐거움도 잠시 담뱃순 치기를 시작했다.

오빠가 제안했다.

"누가 제일 빨리 끝내는지 해볼까?"

밭고랑에 한 명씩 자리를 잡았다.

"시작."

대결하면 일을 지루하지 않게 좀 더 빨리 끝낼 수 있었다.

우리보다 크게 자란 담배 숲 사이 고랑을 걸으면서 담뱃순을 쳐냈다. 열심히 치지만 끝이 보이지 않았다. 머리카락과 옷은 이미 끈적끈적 온몸에는 땀이 흘렀다. 햇살이 강해지면 일하기가 힘들어져서 점심때까지만 하다가 중단했다. 우리의 손은 까맣게 변했다. 담뱃진이 잔뜩 묻어서 비누로 씻어내도 잘 씻어지지 않았다. 수세미로 문질러야 그나마 담뱃진이 없어졌다. 손은 깨끗해졌지만, 손톱 끝이 까맣게 물들었다. 여러 날이 지나서야 손톱 끝에 낀 담뱃진이 사라졌다. 담배가 잘 자랄 때까지 주말마다 담뱃순 치기는 계속되었다.

일이 너무 힘들었지만, 할머니와 아버지를 도와야 했다. 담배가 어느 정도 자라면 아래부터 잎을 따는 작업을 한다. 담뱃잎을 따는 날은 동네 아저씨들 여럿이 모여 품앗이를 한다. 왜냐하면 동네 사람 대부분 농사의 주요 작물이 담배였기 때문이었다. 주말에는 우리가 일손을 도울 수 있기 때문에 담배 따는 날은 어김없이 주말에 날짜를 잡았다. 필요한 일꾼을 구하면 돈이 들어서 우리가 일할 수밖에 없었다.

어쩌다가 평일에 담배 따는 날이 잡히면 할머니는 애원했다.

"얘들아, 오늘 학교 안 가면 안 되니? 담배 따는 날인데 일할 사람이 없어서 어떡햐."

"할머니, 학교는 가야 해요."

속상한 마음을 뒤로한 채 학교에 갔다. 당장 먹고 사는 것이 제일 중요한 할머니였다. 배움이 얼마나 중요한 것인지 그분은 알지 못했다. 그렇게 할머니는 자식들을 가르치지 않았다. 아버지의 형제들은 초등교육을 간신히 받은 것이 전부였다. 배움이 부족하니 세상에 나가 살기가 얼마나 고단했을까. 배움을 경험해 보지 않았던 할머니는 자식들마저도 똑같은 삶을 살게 했다.

아버지와 동네 아저씨들이 밭에서 딴 담뱃잎이 집에 배달되면 우리는 건조실에 들어가는 기계에 담뱃잎을 차곡차곡 끼웠다. 그 기계를 두 명이 양쪽 끝에서 들어 올려 건조실 안에 끼웠다. 온종일 담배 끼우는 일을 어른도 없이 오빠, 동생과 내가 했다. 건조실에서 말린 담배는 여러 차례 수작업을 거쳐 담배 파는 곳으로 운반한다. 품질에 따라 가격이 매겨지면 돈을 받는 것이다. 담배 농사는 봄부터 가을까지 손이 많이 가는 매우 힘든 농사다. 군소리 없이 시키는 일마다 성실하게 하다 보니 할머니, 아버지는 우리를 많이 의지했다.

고추 농사도 주요 작물 중 하나였다. 고추도 담배처럼 포토에 모종을 기른 후 밭에 심었다. 고추는 밭고랑을 만든 후 비닐을 씌웠다. 그 위에 적당한 간격으로 구멍을 뚫어 그 속에 고추 모종을 옮겨 심었다. 고추 모종 주변을 흙으로 단단히 덮어줬다. 심는 방법이 담배와 조금 달랐다. 고추가 어느 정도 자라면 아버지는 적당한 간격으로 말뚝을 박고 고추가 쓰러지지 않게 끈으로 고정했다. 고추가 빨갛게 익어가고 있었다. 주말이 되었다. 우리는 고추밭으로 향했다. 밭고랑이 끝도 보이지 않을 만큼 길게 늘어져 있다. 고추가 주렁주렁 열려있다. 숨이 턱 막혔다. 부댓자루를 하나씩 들고 고추를 따기 시작했다. 고추를 따고 또 따도 밭고랑 길이가 줄지 않았다. 고추 따는 일은 더디고 힘들었다. 고추가 익어 모두 수확할 때까지 어른도 해내기 힘든 일을 우리는 주말마다 해야만 했다. 형편을 알고 있으니 불평할 수가 없었다.

농사일이 잘 안 되거나 걱정거리가 생기면 한숨을 쉬며 할머니는 자주 하소연했다.

"어떻게 살아야 혀."

왜냐하면, 잠깐씩 농사일을 할 때 빼놓고 아버지는 술로 세월을 보냈기 때문에 늘 먹고 사는 것을 걱정했다. 그러다 보니 할머니의 한숨은 점점 깊어질 수밖에 없었다. 그 모습을 오랫동안 지켜본 우리는 할머니를 위로했고 말없이 집안일을 찾아서 했다. 아버지 또한 맨정신이 되면 살아갈 걱정을 했다. 우리는 어렸기에 그저 어른들 걱정하는 모습을 바라봐야만 했다. 아버지가 잘

못된 삶을 살고 있다는 것도 인지하지 못했다. 어렸을 때부터 봐왔기 때문에 당연한 줄 알고 살았다. 우리는 어떠한 힘도 없었다. 그렇게 자식과 부모의 역할이 바뀐 채 학창 시절을 보냈다.

성인이 되어 취직해서도 시골에 있는 할머니, 아버지 걱정에 마음 편한 날이 없었다. 배우자를 만나 결혼을 하게 됐다. 할머니, 아버지한테 도움을 요청해도 도와줄 수 없다는 것을 알기에 결혼식 준비를 혼자 했다. 결혼한 이후에 더더욱 친정 걱정이 되었다. 스스로 할머니와 아버지를 아이 챙기듯이 살고 있다는 것을 인지하기까지는 꽤 많은 시간이 걸렸다. 자식과 부모의 역할이 바뀐 삶을 바꾸고 싶었다. 어느 날 아버지한테 전화를 걸었다.

"아버지, 요즈음 어떻게 지내세요?"

"감기에 걸려서 기침이 자꾸 나."

"병원에는 가보셨어요?"

"돈이 어디 있어."

언제나 같은 방식의 통화를 했다. 학창 시절부터 결혼한 이후에도 할머니, 아버지는 괜찮다고 말해준 적이 없었다. 늘 아프다고, 힘들다고, 돈이 없다며 매번 같은 이유를 대는 것이 지겨웠다. 더는 아버지한테 부모 역할을 하는 것이 버거웠다.

말하고 싶지 않은 비밀

전교생이 100명 남짓 다니는 초등학교에 다녔다. 고학년이 되니 학생이 많이 줄었다. 학교 가는 길은 멀었다. 집에서부터 한 시간가량을 걸어가야 학교에 도착한다. 큰 대로변을 따라 걷다가 지름길인 논둑길을 따라 걸어야 조금 더 빨리 학교에 갈 수 있다.

마을 언니가 말한다.

"얘들아, 오늘은 누가 제일 앞에 갈래?"

아이들은 서로 "나", "나" 한다.

논둑길이 좁아서 마을 아이들이 일렬로 줄을 서서 걸었다. 주변은 산으로 둘러싸여 있고 논에는 벼가 파릇파릇 자라고 있었다. 걸어가는 논둑길에도 길게 자란 잡초가 무릎에 스쳤다. 이야기하면서 걸어가다 보면 어느새 학교가 보인다. 학교 옆에는 시냇물이 졸졸 흐른다. 짧은 다리를 건너면 학교 정문에 다다른다. 정문에서 보이는 초등학교는 학교 건물, 교장 선생님 사택, 숙직

실 건물, 작은 운동장이 어우러진 소박한 학교다. 작은 운동장을 가로질러 가면 교실에 도착한다. 교실과 복도의 바닥은 나무로 되어있다. 청소 시간이 되면 나무 바닥에 가끔 초를 칠해서 닦아주는 일을 한다. 그러면 바닥에 윤기가 흐른다.

교실은 와자지껄 아이들의 웃음소리가 끊이지 않았다. 어느 날 소동이 벌어졌다. 반 여자 친구 중 신체가 유난히 성숙한 친구가 있었다. 그 친구가 의자에서 일어난 순간 반 모든 친구가 깜짝 놀랐다. 의자도 그 친구의 바지도 붉게 물들었다. 친구는 당황해서 어쩔 줄을 몰랐다. 성교육을 받았기에 그 친구의 상황을 모두 알아차릴 수 있었다. 여자아이들이 그 친구를 도왔다. 담임 선생님께 말했다. 그런 일을 겪는 친구를 보면서 걱정이 되기 시작했다. 왜냐하면 처음 보는 광경이었고 언젠가 나에게도 닥칠 일이었기 때문이었다.

중학생이 된 이후 드디어 나에게도 난처한 상황이 생겼다. 친구가 겪었던 일을 나는 다행히도 집에 머물러 있을 때 겪게 되었다.

할머니한테 물어봤다.

"할머니, 저 월경해요. 어떻게 해요?"

할머니가 대답해 줬다.

"뭐라고? 어떻게 해야 혀, 집에 기저귀 감도 없는데."

할머니는 기저귀 감을 사용했었다고 말하면서 걱정만 하고 있었다.

학교 친구한테 머뭇거리다가 할 수 없이 물어봤다. 처음으로 생리대를 사봤다. 천으로 사용할 뻔했는데 친구가 알려준 덕분에 간편한 것으로 사용할 수 있게 되었다. 문득 초등학교 때 그 난처한 일을 당했던 친구가 떠올랐다. 얼마나 당혹스럽고 두려웠을까? 갑자기 망신을 당하는 일이 생길까 봐 두려웠다. 바지도 되도록 어두운색을 입고 다녔다. 또 다른 걱정은 돈이 들어가는 일이

25

생긴 것이다. 집에는 항상 돈이 없었기 때문에 불안했다. 할머니는 뭐든지 옛날 방식이었다. 마음속으로 '할머니는 말이 안 통해.' 라고 말하면서 답답해 했던 일이 종종 있었다.

할머니, 아버지밖에 없으니 당연히 할머니한테 말할 수밖에 없었다. 아버지한테는 도저히 말하는 것이 불편했다. 엄마가 있었더라면 서슴없이 말했을 것이다. 여자로서 조심해야 할 것들을 잘 안내해 주고 가르쳐 주지 않았을까? 스스로 여기저기 물어가며 터득하게 되는 것들이 늘어났다. 가슴이 아파지기 시작했다. 중학생이 되니 성교육을 더 자세히 받았다. 가슴이 아픈 이유를 알기에 또다시 고민이 시작되었다.

할머니한테 말했다.

"할머니, 위에 입는 속옷을 사야 해요."

"어떤 속옷?"

"있잖아요, 그거."

자세히 설명하고 나서야 할머니는 알아들었다. 꼭 필요하다고 생각했는지 돈을 줬다. 시장에서 가장 작은 속옷을 샀다. 입어봤는데 너무 컸다. 새로운 속옷을 이젠 평생 입어야 했다. 갑자기 입지 않던 새로운 속옷을 입으니 불편했다. 문득 서러움이 밀려왔다. 엄마 없는 세상은 왜 이렇게 힘들고 불편한 것이 많은지 눈물이 왈칵 쏟아졌다. 새로 마주 대해야 하는 고민거리가 얼마나 더 기다리고 있을까. 두렵고 무서웠다. 역시 속옷과 관련된 이야기도 아버지한테 말하지 못했다. 말을 한다는 것이 불편했다. 여자의 일이니 당연히 할머니한테 말할 수밖에 없다고 생각했다. 할머니한테만 조용히 물어보거나 이야기했다. 아버지한테는 말하고 싶지 않은 비밀이었다.

아마도 내가 태어나기 전부터

생전에 할아버지는 돈이 될 만한 것은 죄다 팔아다 노름에 빠져 살았다고 들었다. 농사를 짓는 일과 많은 자식 건사하는 건 오로지 할머니 몫이었다. 아버지는 장남으로 태어났다. 위로 누나와 아래로는 동생 다섯이 있었다. 가난한 가운데 할아버지가 일하지 않으니 더욱 가난에 허덕였다. 모든 것을 할머니 혼자 감당하며 살아가야만 했다. 장남이었던 아버지는 생계를 위해 동네 여러 집을 전전하며 일꾼으로 살았다고 했다. 그렇게 일을 하고 받은 새경으로 가족들을 먹여 살렸다.

할머니는 자주 한숨을 쉬며 말하곤 했다.

"가슴이 아퍼, 미안하구."

아버지한테 평생 미안한 마음이 들어 그토록 잘했던 걸까. 자식은 아버지밖에 없는 것처럼 유별났다. 아버지는 본인의 의지와 상관없이 상황에 이끌려

남의 집 일꾼으로 살 수밖에 없었다. 장남으로 태어나 자동으로 지어진 책임감, 그 책임감은 자연스럽게 아버지를 노동의 장으로 이끌었다. 아버지는 언제부터 술을 먹었던 것일까?

궁금해서 할머니한테 물어봤다.

"할머니, 아버지는 언제부터 술을 많이 먹었어요?"

할머니가 대답해줬다.

"남의 집 일꾼으로 살면서 일이 너무 힘드니깐 술을 주는 대로 받아 먹었디야. 그 길로 술꾼이 됐어."

가슴을 한 대 맞은 것 같았다.

'아버지가 남의 집 일꾼으로 살았다니, 믿을 수 없어.'

술꾼이 된 아버지보다 아버지의 지난 과거의 삶이 충격적이었다. 그때의 아버지를 생각하니 가여웠다. 처음 듣는 이야기였다. 아버지의 누나는 일찍 시집을 가서 집에 없었다. 터울이 많이 지는 동생들이 생기면서 아버지는 할머니를 도와 남의 집 일꾼으로 살았다고 했다.

할아버지는 왜 생계를 위해 아무런 책임을 지지 않았을까? 아내와 자식들이 있는데 상식적으로 적어도 먹고살게는 해야 했던 것이 아닌가. 얼굴도 모르는 할아버지한테 분노가 생겼다. 할아버지는 처, 자식은 모른 체하고 집에 있는 곡식이란 곡식은 다 퍼다 팔았다고 했다. 굉장히 이기적이고 가족은 안중에도 없다고 했다. 노름에 빠져 살았을 때 아들이었던 아버지는 그 자리를 대신해 어린 나이부터 생계를 짊어지고 살았다. 노름에 빠져 살아가는 할아버지를 지켜보면서 아버지는 절대로 노름 같은 것은 하지도 않을 것이고 할아버지처럼 살지 않을 거라며 다짐했다고 했다.

아버지는 십 대 후반부터 집안의 가장이 된 셈이다. 남의 집 일꾼으로 산다는 것은 시키는 대로 일을 할 수밖에 없는데 어린 나이부터 어깨가 무거운 삶을 산 것이 아닌가. 가장 예민했던 시기에 자존심 따위는 생각할 겨를도 없이 시작된 일이었을 것이라 짐작되었다. 농사에 관하여 물어보면 박사처럼 대답해 주던 아버지는 지게질도 선수처럼 잘했다.

성실했던 아버지는 언제부터 술독에 빠졌던 것일까? 힘든 노동을 견디게 해주는 것이 술이었을까? 아니면 술에 취하면 현실을 잊고 일할 수 있어서였을까? 여러 가지 생각이 들었다. 할아버지처럼 살지 않겠다고 했던 아버지는 노름할 줄은 몰랐다. 그러나 할아버지처럼 가정을 돌보지 않았던 무책임한 삶은 똑같았다. 아버지는 할아버지의 노름 대신 술이 그 자리를 차지했다. 결국은 할아버지와 똑같이 닮은 삶을 사는 것이 아닌가. 소름이 끼쳤다. 다르게 살고자 했던 아버지는 할아버지의 삶을 답습한 채 살고 있었다. 부모는 자식의 거울이라는 말이 떠올랐다. 아버지는 내가 태어나기 전부터 이미 술에 절어 살고 있었다.

밉지만 미워할 수 없었던 할머니

할머니는 머리에 곡식을 잔뜩 이고 버스에 올랐다. 나와 동생도 따라서 탔다. 갈색 옷으로 갈아입은 나무들이 스쳐 지나갔다. 햇살이 갈대숲 사이로 부서졌다. 버스는 고개를 넘고 넘어 계속 달렸다. 드디어 시내에 도착했다.

할머니가 버스에서 내리니 상인들이 서로 달려들었다. 할머니가 머리에 이고 온 곡식을 사기 위해 흥정을 했다. 값을 가장 많이 쳐주는 상인한테 곡식을 넘겼다. 곡식을 판 돈으로 할머니는 나와, 동생을 미용실로 데리고 갔다. 언젠가 할머니한테 앞머리 파마가 유행이라 해보고 싶다고 말했었는데 할머니가 기억하고 있었다. 미용실에 들어서자 의자에 앉았다. 가운을 씌어줬다. 코를 찌르는 이상한 냄새가 났다. 머리가 차가워졌다. 앞머리 파마가 끝났다. 거울을 보니 어색했다. 할머니가 곡식을 팔아 파마를 하게 해준 것은 뜻밖이었다. 달라진 나의 모습에 마냥 웃음이 났다. 까무잡잡한 얼굴에 파마한 내 모습은 촌스러웠지만 상관없었다. 할 수 없을 것 같았던 파마를 하니 기쁨이 샘솟았다. 난생처음 해본 파마였다. 할머니가 베풀어준 따뜻한 마음에 감동했다. 내가 했던 말을 기억해뒀다는 것에 기뻤고 고마운 마음이 가득했다.

이른 아침부터 고추밭 고랑에서 할머니는 크게 자라난 잡초를 뽑았다. 산더미처럼 쌓이는 잡초를 고랑 바깥으로 옮겨놓는 것이 오빠와 나, 동생이 해야 할 일이었다. 잡초는 금방 산더미처럼 쌓였다. 잡초를 산태미에 가득 담아 고랑 밖으로 날랐다. 일을 잘한다고 할머니가 칭찬해줬다. 칭찬받는 것이 좋아 더 열심히 했다. 어느새 이슬에 젖은 잡초 때문에 옷이 축축해졌다.

밭 옆에는 전나무 숲이 있었다. 새 지저귀는 소리가 숲 사이로 울려 퍼졌다. 전나무 향과 풀 향기가 진동했다. 점심때가 되니 땀이 흘렀다. 한나절을 도와 드리고 나서 집으로 돌아왔다. 할머니는 밭에 홀로 남았다. 매일 밭에서 종일 일하면서 도시락은 김치와 찬밥뿐이었다. 할머니의 부실한 도시락이 마음에 걸려 초등학생이던 나와 동생은 밀가루를 개어 계란과 설탕을 섞은 후 동그랗고 조그맣게 부쳐서 만든 간식을 가져다드리곤 했다.

할머니는 맛있다며 흐뭇해했다.

"아이고 맛나다, 이런 걸 다 만들 줄 알고 맛있네."

동생과 나도 할머니의 웃는 모습에 마냥 좋아했다.

들에 갔다가 돌아오는 비포장 도로변에는 커다란 산딸기 넝쿨이 있었다. 익을 때를 기다렸다가 탐스럽게 익었을 때 커다란 딸기를 따서 하얀 설탕에 재워놓는다. 맛있는 간식이 되는 것이다. 자연에서 얻은 간식은 힘겨운 우리에게 큰 기쁨을 안겨주었다. 한평생 할머니는 밭일만을 하면서 시간을 다 보냈다. 밭일만이 살아갈 길이라고 여겼던 것 같다. 할머니의 외길 인생이 안타까웠다.

할머니가 바쁘게 움직였다. 방안이 뜨끈뜨끈했다. 아궁이에 불을 많이 지폈나 보다. 내 생일이었다. 학교 가기 전에 할머니는 상에 푸짐하게 음식을 차려줬다. 미역국 그릇에 닭고기가 고봉으로 올려져 있었다. 닭 미역국에서 김이 모락모락 피어올라 먹음직스러웠다. 생일 주인공은 언제나 닭고기가 고봉으로 얹어진 닭 미역국 선물을 받았다. 고기 먹을 기회가 명절, 제삿날 외에는 없었다. 닭 미역국을 순식간에 먹었다. 할머니의 사랑이 가득 담긴 생일상이었는데 그때는 왜 몰랐을까.

할머니는 봄, 여름, 가을, 겨울 사계절 변함없이 새벽밥을 지어 아침을 챙겨줬고 도시락까지 싸줬다. 할머니가 끙끙 앓는 소리가 들렸다. 어디가 아픈지 새벽에 일어나지 못했다. 부랴부랴 아침밥만 안쳐놓았다. 아픈 할머니를 두고 학교에 가야 했다. 학교 수업 끝나고 오후 늦게 집에 오니 할머니는 밭에 가고 없었다. 아파도 병원이나 약국에 갈 생각을 안 했다. 며칠 앓더니 괜찮다고 했다. 할머니의 새벽밥과 도시락은 손자, 손녀를 사랑하는 마음이었다.

담배 따는 날이었다. 동네 일꾼들이 모였다. 점심시간이 다가왔다. 방에 큰 상을 펴놓고 반찬 그릇과 수저를 놓았다. 할머니는 상차림 예절을 알려줬다. 밥그릇, 국그릇 놓는 위치와 수저를 놓는 위치를 알려줬다. 밥 먹을 때는 어른이 먼저 수저를 든 후 먹어야 하고 조용히 먹어야 한다고 알려줬다. 할머니의 그런 진지한 모습은 처음이었다.

"니 엄마는 인간도 아니여."

할머니가 말했다.

"개도 지새끼 이쁘다고 끔찍하게 여기는데 니 엄마는 못써."

아버지까지 맞장구쳤다.

지긋지긋하게 들어야 했던 말이다. 갑자기 사라진 엄마를 그리워할 수도 없었다. 그리워하면 혼날 것 같았다. 엄마가 있을 때 할머니는 왜 그리도 따뜻하게 대해 주지 않았을까? 아버지한테만 따뜻했던 할머니 때문에 엄마가 집을 나갔다고 여겨 미워하기 시작했다.

아버지가 집 밖에 나가 들어오지 않는 날에는 우리한테 역정을 많이 내서 서러웠다.

아버지는 술에 잔뜩 취해 들어와서 할머니한테 말했다.

"어머이, 어머이 때문에 내 인생이 이렇게 됐슈, 어머이 때문에."

할머니는 화가 잔뜩 나서 말했다.

"뭣이 어째? 술 먹고 들어와서는 나한테 왜이랴."

늘 있는 일상이었다. 할머니를 원망하는 아버지의 행동을 보면서 엄마가 나간 원인이 할머니한테도 많은 책임이 있었다는 것을 짐작할 수 있었다. 할머니의 말은 잘 들었지만, 역정을 낼 때마다 반항하고 싶은 욕구가 생겼고 분노가 치밀어 올랐다. 늘 착한 아이라는 소리를 들었는데 내 마음을 나도 어찌할 수가 없었다. 모든 것이 못마땅했다.

고모한테 다급하게 전화가 걸려왔다.

"고모 무슨 일 있어?"

"할머니가 쓰러졌대."

"뭐라고?"

전화를 끊고 남편과 함께 할머니가 있는 병원으로 향했다. 평생 건강할 것 같던 할머니가 쓰러졌다니 눈물이 주체할 수 없이 흘러내렸다. 병원에 도착해서 할머니를 만났다. 묻지도 않았는데 옛날이야기를 계속했다. 치매라고 했다. 다시 눈물이 흘러내렸다. 자꾸만 이상한 말을 하는 할머니는 다른 사람이 되어 있었다. 치매 증상이 점점 심해져 요양원으로 들어갔다. 어느 날 문병을 하러 가서 할머니를 데리고 나와 소풍을 하러 갔다. 할머니가 웃을 때마다 손으로 입을 가렸다. 소녀가 되어 있었다.

내가 물어봤다.

"할머니 저 누구인지 알아보겠어요?"

고개를 저으며 수줍게 웃기만 했다.

할머니는 2년 정도 요양원에 있다가 의식이 없어 큰 병원으로 옮겨졌다. 아무것도 느끼지 못하던 할머니는 병원에서 생을 마감했다.

할머니의 장례식 날에는 날씨가 유난히도 맑았다. 마지막으로 염을 끝내고 누워 있는 할머니의 모습을 보았다. 할머니의 모습은 평온해 보였다. 머리와 얼굴을 만져보았다. 울음이 터져 나왔다. 화장터로 향했다. 할머니의 모습이 한 줌의 재로 변했다. 재로 변한 할머니의 모습을 마주하자 아버지, 오빠, 동생과 나는 한참을 울었다. 아버지는 넋이 나가서 눈물을 계속 흘렸다. 90세였던 할머니를 가슴 아파하며 허망하게 떠나보냈다. 미워하기도 했던 할머니가 돌아가시니 잘해줬던 것들만 떠올랐다. 할머니가 엄마 대신해줬던 것들이 많았다. 할머니가 돌아가신 후에야 미운 감정들이 사라졌다. 오히려 힘들게 지냈던 시간이 금방 그리워지기 시작했다.

일상생활로 돌아왔다. 문득 밥을 하다가도 빨래를 개키다가도 할머니가 떠올랐다. 돌아가신 것이 실감이 나지 않았다. 성인이 되기 전까지 모든 시간을 함께했던 할머니가 돌아가셨다. 내 생애의 절반이 어디론가 사라진 것 같았다. 할머니가 엄마 대신이었기 때문이어서 그랬던 것일까? 마음을 추스르기까지 오랜 시간이 걸렸다.

나, 오빠, 동생의 삶은 시작이 똑같았다

할머니가 부른다.

"소여물 썰어야 혀, 어여 나와."

"네."

마당으로 얼른 나간다. 커다란 감나무가 그늘을 만들어 놓았다. 그 그늘 밑에는 여물을 써는 커다란 작두가 놓여있다. 할머니가 지푸라기 더미를 들이밀면 작두를 세게 내리누르며 지푸라기를 썰었다. 오래 작두질을 하다 보면 손목은 감각이 없을 정도로 뻐근해진다. 작두질할 때 방법이 있다. 일정한 강도로 작두질을 하면 지푸라기가 잘리다가 만다. 여물이 썰리기 직전에 세게 힘을 줘야 지푸라기가 잘 잘린다. 손목이 아팠지만, 여물 썰기는 할머니와 주거니 받거니 리듬이 생겨 재미있는 일이었다. 금방 잘린 소여물이 한가득 쌓였다. 소 여물 써는 일은 매일 해야 하는 일이기에 오빠, 동생, 나중에 누구든지 집에 있으면 하는 일이었다.

오빠, 동생, 나는 무엇이든지 함께하면서 자랐다. 집안일, 밭일, 놀이, 교회 다니기 등 언제나 같이할 수밖에 없었다. 누가 정해놓은 것처럼 우리의 삶은 시작이 똑같았다.

방안이 썰렁하다. 마당으로 나가 본다. 차가운 공기에 얼굴과 손이 금세 차가워진다. 얼굴이 얼얼하다. 땔감이 떨어졌다. 외출한 아버지는 늦은 시간인데 들어올 생각을 안 한다. 아버지는 땔감이 딱 떨어져서야 산에 땔감을 구하러 나간다. 땔감이 떨어진 것도 모른 채 외출했다.

"애들아, 오빠랑 같이 산에 땔 나무 구하러 가자." 오빠가 말한다.

나와 동생은 "응." 대답하며 따라나선다.

땔감이 떨어지는 일이 많았다. 여러 번 땔감을 구하러 간 경험이 있어서 우리는 당연하게 산에 가서 떨어진 나뭇가지, 썩은 나뭇가지를 찾아 모았다. 오빠와 나무를 구하는 일은 산에서 보물찾기를 하는 것 같았다. 나뭇가지를 모으다 보면 추위는 온데간데없었다. 모은 나무를 우리 셋이 나눠서 집으로 조용히 날랐다. 땔감을 구하는 일을 동네 사람들이 볼까 봐 조용히 하며 했다. 왜냐하면 동네 사람들이 아버지 험담하는 것이 싫었기 때문이었다. 마당에 서 있는 감나무의 모습이 그날따라 쓸쓸해 보였다.

겨울이 되면 우리 집은 동네 할머니, 아주머니들의 모임 장소가 되었다. 마실꾼들이 매일 우리 집을 찾았다. 인정이 많았던 할머니는 간식으로 감나무에서 따 놓았던 감을 꺼내 놓거나 팥죽을 끓여 대접했다. 할머니는 어느 집의 시어머니, 그 시어머니의 며느리, 다른 집 아주머니들의 이야기를 잘 들어주었다. 마실꾼들의 하소연을 잘 들어주던 할머니는 위로도 해주었다. 지금 생각해보면 할머니는 상담사였다. 마실꾼들이 놀러 오면 우리는 갈 곳이 없었다. 다른 방은 너무 추워서 있을 수가 없었다. 오빠와 함께 시냇가로 나가보았다.

오빠가 오리알을 발견했다.

"와! 오리알이다."

신기해서 소리쳤다.

"정말이야? 와 신난다."

운이 좋은 날에는 오리알을 발견하기도 했다. 그 오리알은 특별한 간식이 되었다.

추운 겨울 마실꾼들이 놀러 오면 우리는 늘 고민이었다.

'왜 사람들은 우리 집으로 자꾸 놀러 오는 것일까? 추운데 또 어디에 가 있지? 힘들다.'

겨울이 되면 어김없이 하게 되는 고민이었다.

할머니, 아버지는 우리가 어른 같았나 보다. 어떠한 환경에도 우리는 큰 불평을 하지는 않았다. 힘들고 불편했지만 참으면서 지냈다.

눈이 많이 내렸다. 썰매가 내리막길로 씽하고 달린다.

"야, 신난다. 너무 재미있어. 하하하."

마을 어귀에 비탈진 밭이 있다. 겨울에 눈에 많이 쌓이면 그곳은 썰매장이 된다. 온 동네 아이들의 놀이터가 된다. 비료부대에 지푸라기를 잔뜩 넣는다. 그 비료부대는 썰매가 된다. 비료부대에 올라타서 눈이 쌓인 비탈길 꼭대기부터 타고 내려오기 시작한다. 썰매는 순식간에 아래까지 내려온다. 동네 오빠, 언니들, 동생들 모두 왁자지껄 웃음이 끊이지 않는다. 우리도 몇 시간 동안 썰매를 타면서 놀았다. 온 동네 오빠, 언니, 친구, 동생들과 노는 것으로 힘들었던 마음이 풀어지기도 했다.

삼 남매 중 나만 유독 말귀를 느리게 알아들었다. 그래서 형광등이라는 말을 많이 들었다. 가만히 생각해보니 어릴 적 병치레를 많이 해서 그런가 싶기도 했다. 오빠와 동생은 눈치가 빨랐고 빠릿빠릿했다. 나는 모든 일에 소극적이었다. 학교에 가면 친구들 앞에서 노래와 발표를 제대로 하지 못했다. 오빠와 동생보다 뭐든지 느리게 이해했다. 나만 늘 뒤처졌던 것으로 기억되지만 상처가 되지는 않았다. 오빠가 늘 이해를 하며 따뜻하게 대해줬다. 성인이 되어서도 크게 변하지 않았다. 여전히 느리게 이해했다. 오빠와 동생이 있었기에 느리고 소극적이었지만 열악한 환경을 버텨낼 수 있었다. 우리가 성인이 되고 중년이 되기까지 열악했던 집안 환경은 나아지지 않았다. 변화 없는 아버지의 삶은 여전히 우리의 마음을 늘 속상하고 아프게 했다. 그런데도 우리는 각자의 삶을 충실하게 살아내고 있다.

성인이 된 이후 옛이야기를 꺼내면

"아! 그때 그 일."

이라고 하면서 동시에 기억했다.

우리는 모든 것을 공유했기에 같은 기억이 있었다. 부모 대신 오빠와 동생을 의지하며 지냈던 지난 시절이 서러웠지만 슬픔도 기쁨도 나눌 수 있어 다행이었다.

오빠가 부모였다

　오빠는 엄마가 있을 때나 없을 때나 늘 하나뿐인 의지 대상이었다. 오빠 곁에 있어야 마음이 안정되고 웃고 떠들 수 있었다. 할머니, 아버지는 고민을 들어줄 수 있는 가슴을 가지고 있지 않았다. 오로지 오늘 하루를 어떻게 살아갈지만을 걱정했다. 고민을 말하기 전에 이미 체념해버렸다. 오빠가 옷과 맛있는 음식을 사주거나, 용돈을 주는 어른은 아니었지만, 고민을 들어주는 가슴이 있었다. 오빠와 함께하며 즐거웠던 추억이 아련히 떠오른다.

　초등학교 1학년 때의 기억이다. 귀가 아파 엄마와 같이 병원에 다닐 때였다. 엄마가 오빠한테 학교 수업 쉬는 시간에 약 넣어주라고 당부했었다. 수업이 끝난 후 쉬는 시간에 복도 끝으로 나가 오빠를 기다렸다. 오빠의 무릎에 엎드려 고개를 돌리면 약병에서 스포이트로 물약을 뽑아내 귓속에 넣어주었다.

　"앗, 차가워."

"가만히 있어 봐."

오빠의 무릎이 따듯했다. 하루 두 번 쉬는 시간에 다녀갔다. 오빠의 따듯함에 물들기 시작했다.

동네 오빠들이 시끄럽다. 구슬치기 놀이가 한창이었다. 작은 구슬, 큰 구슬을 잔뜩 들고 있는 오빠들이 옥신각신했다. 구슬은 무지갯빛을 띠고 반짝반짝했다. 멀리서 구슬을 던져 제자리에 있는 구슬을 맞추면 이기는 놀이였다. 오빠가 구슬을 던졌는데 명중이었다. 얼마나 세게 맞았는지 소리가 크게 났다. 구슬치기 놀이에 오빠도 구경하는 나와 동생도 푹 빠져 있었다.

우리는 오빠가 딱지치기 놀이할 때, 산에 송진 구하러 갈 때도 껌딱지처럼 붙어서 따라다녔다.

오빠가 귀찮아하며 말했다.

"이제 집에 좀 있어, 그만 따라다니고, 응?"

"싫어, 싫어."

대답하고는 이내 눈물이 고였다. 오빠는 할 수 없이 포기했다.

몹시 추웠던 겨울에 눈이 쌓이고 들판과 논은 얼어붙었다. 오빠는 삽과 양동이를 챙긴다. 나도 따라나선다. 논에 가서 오빠는 미꾸라지를 잡는다. 그 모습을 구경한다. 미꾸라지를 발견한 오빠는 보물을 발견한 것처럼 기뻐 날뛴다.

"와! 미꾸라지가 많아."

미꾸라지 잡기에 자주 따라나섰다. 얼음을 깨서 미꾸라지를 잡다 보니 오빠는 동상에 걸리기도 했다. 하지만 아랑곳하지 않고 오빠만의 놀이는 계속되었다. 오빠가 신이 나서 좋아하는 모습을 구경하는 것만으로도 재미있었다.

오빠가 중학생이 되었다. 버스 대신 자전거를 타고 중학교에 다녔다. 오빠는 자전거에 나를 앞에 태워 초등학교에 데려다주고 중학교에 갔다. 비포장도로를 씽씽 달린다. 롤러코스터를 타는 기분이다. 자전거를 빠르게 타면서 안전하게 운전하는 오빠가 세상에서 제일 멋있어 보였다. 오빠와의 추억은 언제나 따뜻했다. 슬픔이 밀려올 때면 오빠와의 추억을 떠올린다.

말을 잘 듣던 오빠는 엄마가 집을 나간 뒤로 부쩍 방황했다. 일손을 도와야 하는데 집에서 멀리 떨어져 있는 강에서 주말마다 낚시했다. 호기롭게 잡은 물고기를 잔뜩 집에 가져와서 분위기 파악도 못 하고 할머니, 아버지한테 자랑했다. 아버지는 화가 나서 지겟작대기를 들고 오빠에게로 향했다. 때리지는 않았지만, 화가 많이 나 있었다. 일손을 돕지 않는 것도 문제였지만 깊은 강가에서 낚시하는 것이 위험했기에 걱정을 끼치는 것이 문제였다.

갑자기 자취방을 얻어 달라고 해서 고등학교 근처에 방을 얻어줬다. 아버지가 자취방에 갈 때마다 오빠가 안 보여서 오락실에 가보면 아버지가 온 것도 모른 채 오락에 푹 빠져 있었다고 들었다. 갑자기 기타가 배우고 싶다고 하더니 한동안 기타를 둘러메고 다녔다. 즐겨 듣는 라디오 프로에 사연을 보내 당첨이 됐었다. 허름한 사랑채에서 낡은 라디오를 곁에 두고 한동안 빠져 지냈다.

교회에 새로운 목사님 부부가 부임해 왔다. 젊은 부부였다. 우리 집 옆이 교회 사택이었으니 오빠가 목사님 눈에 띄었나 보다. 어느 날부터 오빠는 교회에 나가기 시작했다. 젊은 목사님 부부는 금세 학생들을 부흥시켰다. 교회가 학교였다. 멀리 사는 이웃 동네 오빠, 언니들까지 교회에 다녔다. 도시에서 온 분들한테 호기심과 신선함이 가득했다. 오빠는 교회에 오는 친구들이 늘어나면서 많은 시간을 교회와 사택에서 보냈다. 시간이 흐르면서 오빠의 방황이 잦아들었고 더 어른스러워졌다.

오빠가 더 크게 다가왔다. 하나부터 열까지 모든 것을 물어보며 의지했다. 아버지가 술독에 빠져 힘들게 할 때마다 중간에서 동생들한테 의젓함을 보여 줬다.

오빠는 어렸던 나에게 뜬금없이 미래의 남편감에 대해 신신당부하며 이야 기해 줬다.

"부모가 다 있는 가정으로 시집가야 한다."

"미래의 남편감을 위해 기도해라."

우리가 걱정되었는지 미래지향적인 말을 자주 해줬다. 어렸지만 오빠가 말 해줄 때 귀가 솔깃해졌다. 다 올바르게 들렸다. 교회를 열심히 다니던 오빠는 목회자가 되겠다며 서울에 있는 신학대학교에 들어갔다. 첫 등록금은 아마도 삼촌들과 고모가 도와줬던 것으로 기억된다. 가난했던 집에서는 학비를 대주 지 못했다. 오빠가 끊임없이 아르바이트하며 대학교에 다녔다고 했다.

오빠가 떠나고 없는 집에서 지낸다는 것은 생각해본 적이 없었다. 집에서는 큰 일손이 사라진 것이었고 나와 동생한테는 고민을 들어주고 위로해주었던 오빠가 사라진 것이었다. 큰일이 난 것처럼 마음을 잡기가 힘들었다. 아버지 를 어찌 감당해야 할지도 걱정이었다. 든든하게 울타리가 되어 주었던 오빠 가 이제는 오빠의 삶을 펼치기 위해 가난의 강을 건너고 있었다.

오빠의 빈자리가 너무 컸지만, 시간이 흐르면서 오빠가 없는 생활에 익숙해 졌다. 중학교 3학년이 되어 진로를 정하고 고등학교를 결정할 때는 오빠가 없 어서 너무 아쉬웠다. 할머니를 설득하여 가고 싶은 고등학교를 결정하는 것 이 어려웠다. 오빠는 얼굴은 자주 못 보지만 여전히 정신적으로 든든한 울타 리가 되어주었다.

성인이 되어 사회생활을 할 때도 오빠를 많이 의지하며 지냈다. 남자친구를 만나 결혼하겠다고 했을 때 오빠가 반대했었다. 남편 될 사람이 아직 학생이기도 했고 가난했던 내가 초라하게 시집가는 것이 싫었던 모양이었다. 오빠한테 남자친구의 성품을 내세우며 괜찮다고 말했던 것으로 기억된다. 결국에는 결혼하는 것을 허락해줬다. 결혼식에 오빠가 준 편지에는 방 얻을 돈이 없어 작은아버지 집에서 더부살이하던 때의 이야기, 돈암동 옥탑방에서 같이 고생하며 살 때의 이야기가 담겨 있었다. 결혼 생활이 늘 꿀 같지는 않을 것이라며 남편을 늘 존중하고, 이해하려고 노력하며 큰소리 나지 않게 하라는 당부가 담겨있었다. 편지를 읽는 내내 눈물이 흘렀고 가슴이 뭉클했다.

오빠는 신학대학교를 졸업한 이후 목회자로 활동하다가 현재는 심리상담가로 활동하고 있다. 여전히 부모 같은 존재로 든든한 버팀목이 되어주고 있다. 시 쓰기를 즐기고 자연을 누리며 살고 있다. 힘들 때마다 오빠의 시집을 다시 펼쳐보곤 한다.

제2장
반갑지 않아, 우울증

수치스러운 아버지

땅이 꽁꽁 얼어붙었다. 밤이 되면 땅이 얼었다가 낮이 되면 녹았다. 대문 밖 논에는 눈이 내린 곳에 다시 내린 눈이 얼어있다. 논은 햇빛에 반사되어 눈부시게 반짝였다. 지붕 끝에는 커다란 고드름이 무섭게 매달려 있다. 2월의 한낮인데 피부가 에이듯이 바람이 찼다.

다행히 고등학교는 주간으로 다닐 수 있게 되었다. 고등학교 다닐 준비를 해야 했다. 다니게 될 고등학교가 집에서 멀어 자취하게 되었다. 친하게 지냈던 친구와 같이 자취를 하게 되어 좌식 책상과 필요한 생활용품을 장만했다. 친구와 지낼 자취방은 오래된 기와집 건물이었다. 사랑채를 얻었다. 재래식 화장실이 딸려 있던 사랑채는 부엌이 좁았던 것으로 기억된다. 다행히 방이 커서 친구와 함께 지내기는 괜찮았다.

교복을 맞추고 학교 갈 준비를 마쳤다. 학교생활이 시작되었다. 처음 입어 보는 교복이 어색했다. 주말이 되면 각자 집으로 갔다. 집에 갔던 친구는 김치와 각종 밑반찬을 바리바리 싸 왔다. 내가 가져온 반찬은 겨우 김치뿐이었다. 친구의 엄마가 보낸 반찬은 겉절이부터 정갈했다. 맛은 두말할 것도 없었다. 그렇게 몇 번 반찬 신세를 지다 보니 염치가 없었다. 친구에게 반찬을 싸 올 형편이 안 되는 것을 말하며 이해를 구했다. 다행히도 마음씨가 착했던 친구는 개의치 않아 했다. 친구와 공부도 같이 하고 학교도 같이 다니니 재미있었다.

어느 날 저녁 무렵 주인집으로 전화가 걸려왔다. 지나가던 사람에게 아버지가 너무 취해 있으니 데리러 오라고 아버지 대신 걸려온 전화였다. 할 수 없이 아버지를 자취방으로 데리고 왔다. 친구한테 미안했다. 근처에서 자취하는 또 다른 친구에게 부탁해서 친구를 재워달라고 했다. 수치스럽고 화가 치밀어 올랐다. 그 이후로 아버지는 술에 취해 자취방에 오는 횟수가 많아졌다.

견디기 힘들었는지 친구가 말했다.

"이제 너랑 같이 자취 못 할 것 같아. 너희 아버지가 언제 또 오실지도 모르고 불편해."

얼굴이 화끈거렸다.

"미안해, 이렇게 될 줄 몰랐어."

누군가에게 그렇게 미안했던 적이 없었다.

시골집에 가서 할머니와 아버지한테 이사해야 한다는 것을, 왜 해야 하는지를 말했다. 아버지는 시치미를 뚝 떼고 있었고 아무런 해결방안을 마련해 주지 않았다. 결국, 알아서 자취방을 얻어야만 했다. 다행히도 나의 사정을 전해 들은 같은 반 친구를 통해 새로운 자취방을 얻을 수 있었다. 월세만 제때 줄 수 있기만을 바랬다. 책임을 져주지 않고 수치심만을 안겨준 아버지와 더는 얼굴을 마주 대하고 싶지 않았다.

자취방 골목에 커다란 트럭 한 대가 서 있었다. 친구의 부모님이 자취방 짐을 빼고 있었다. 쥐구멍에 들어가고 싶었다. 미안한 마음에 아무런 말도 할 수가 없었다. 친구는 그렇게 먼저 자취방을 떠났다. 내 짐만 덩그러니 남아있던 자취방은 먼지만이 풀풀 날리고 있었다. 새로 얻은 자취방에 짐을 날라야 했다. 이삿짐을 직접 들고 걸어서 나르기에는 거리가 멀었다. 짐이 많지는 않지만, 동생과 함께 나른다는 것이 가능할까 싶었다. 열 번 이상을 왕복하여 언덕을 넘고 골목을 다니며 날랐다. 나르는 동안 몸이 힘든 것보다 먼저 자취방을 떠난 친구가 내내 마음에 걸렸다.

이사를 다 끝마친 후에야 동생과 짐을 날랐던 장면들이 떠올랐다. 고생하며 도와준 동생이 고맙기도 했지만 미안하고 안쓰러웠다.

'우리들이 이삿짐까지 걸어서 나르다니.'

친구의 짐이 실려 있던 큰 트럭이 떠오르면서 갑자기 눈물이 핑 돌았다. 친구에게 미안하기도 했지만 부러운 마음이 교차했다.

'부모가 있고 없고의 차이가 이런 것인가.'

주말이 되면 늘 가던 시골집에 드문드문 가기 시작했다. 아버지를 마주 대하고 싶지 않았다.

새로운 자취방에서의 생활이 시작되었다. 창밖으로 보이는 마당에는 장미꽃이 만발이었다. 그렇게 만발한 장미꽃은 처음 보았다. 이 자취방을 소개해준 친구가 바로 앞집에 살았다. 반에서 인성이 좋기로 소문난 친구였다. 그 친구는 내게 종종 밑반찬을 가져다줬다.

친구가 놀러 왔다.

"맛있을지는 모르겠지만 먹어봐."

함박웃음을 지으며 말했다.

"맛있겠다. 잘 먹을게 고마워."

참 고마운 친구였다. 시험 기간이 되면 공부도 같이하고 수다도 떨었다. 내가 제일 힘들 때 그 친구가 그저 옆에 있었을 뿐인데 위안이 되었다. 죽을 만큼 힘들었던 3년의 세월을 견디게 해준 친구였다. 무조건 의지했었다.

새로운 자취방에 아버지가 다시 오기 시작했다. 앞집 친구가 놀려고 와 있는데 갑자기 잔뜩 취한 모습으로 왔다. 흐트러진 모습으로 횡설수설했다. 친구는 아버지의 말을 들으면서 애처로운 눈빛으로 나를 쳐다보았다. 들키고 싶지 않은 아버지의 모습이 친구 앞에 드러나니 수치스러웠다. 어디론가 사라지고 싶었다. 언제부터인가 주인 할머니가 쳐다보는 시선이 심상치가 않았다. 월세도 밀려 있는데 취한 아버지가 자취방에 들러 잠까지 자고 가니 못마땅해했다.

주인 할머니가 물어봤다.

"언제까지 월세 줄 수 있어?"

기가 죽어 대답했다.

"집에 가서 물어볼게요. 죄송해요. 할머니."

주인 할머니는 못마땅한 얼굴을 하며 다시 말했다.

"아버지는 술을 자주 먹나 봐?"

대답을 못 했다. 수치스러움의 연속이었다. 언제까지 이렇게 살아야 하나 한숨만이 정적을 울렸다. 주말 시골집에 갔다.

속상해서 할머니한테 울면서 모든 이야기를 쏟아냈다.

"할머니, 아버지 때문에 못 살겠어요. 전에 자취할 때도 술 취해서 자주 자고 갔는데 지금 자취하는 집에도 술 취해서 자고 가요. 창피해서 못 살겠어요."

할머니는 깜짝 놀라면서 말했다.

"또 그랬다고? 니 아부지는 어쩔라고 저랴? 아이구, 참."

할머니가 달래주었다. 아버지를 나무라지만 그렇게 사는 아들을 할머니도 어쩌지 못했다. 아버지한테 울면서 창피하니 더는 자취방에 오지 말라고 신신당부했다. 한동안은 오지 않았다. 학교 다니는 3년이란 시간을 늘 긴장하고 불안해하며 보냈다. 졸업도 하기 전에 취업하게 되어 도망치듯 자취방을 떠났다. 더는 수치심을 안고 살고 싶지 않았다. 아버지로 인해 반복된 수치심은 모든 면에서 자신감을 잃게 했다. 기가 죽어지내기 시작했고 때때로 공허함이 찾아왔다. 아버지의 존재 자체가 수치 덩어리라고 치를 떨었던 적이 수를 헤아릴 수도 없었다.

제발 자식들 좀 살려 주세요

알코올 중독으로 살아가는 아버지를 지켜보면서 지쳐갔다. 이젠 술로 사는 인생을 멈춰달라고 부탁도 해보고, 제발 좀 살려달라고 눈물로 호소도 해봤다. 무례하게 대들며 소리를 질러보기도 했다. 자식들 얼굴에 더는 먹칠 좀 하지 말아 달라고 수도 없이 외치고 외쳤다. 모두 소용없는 메아리였다. 허기가 졌다.

추석 때 기억이다. 작은아버지들이 선물 꾸러미를 가득 들고 하나, 둘 도착했다. 오랜만에 고향을 방문하는 작은아버지들의 표정이 상기되어 있다. 할머니는 전 부치느라 분주했다. 나와 동생은 송편을 빚느라 바빴다. 우리들 모습을 보며 할머니는 흐뭇해했다. 어스름 저녁이었다. 밥상에 둘러앉아 저녁을 먹었다. 아버지는 벌써 술이 얼간했다.

갑자기 아버지가 작은아버지들한테 버럭 화를 내면서 말했다.

"니들이 나한테 해준 게 뭐가 있어? 못써, 나쁜 자식들이야. 전화 한 통 안해, 그렇게 바뻐?"

서운했던 마음을 술의 힘을 빌려 털어놓았다. 작은아버지는 점점 얼굴이 붉으락푸르락이었다.

"그런 형님은 우리한테 해준 게 뭐가 있어요? 형님한테 그런 소리 듣는 것도 이젠 지겨워요, 휴."

한숨을 크게 쉬며 작은아버지가 퉁명스럽게 말했다.

아버지는 낮부터 조금씩 마시던 술에 취해 횡설수설했다. 형제끼리 오랜만에 만나 즐거워야 할 명절이 아버지의 술주정으로 얼룩졌다. 밤이 되어서야 조용해졌다. 왜냐하면 아버지가 잠들었기 때문이었다. 작은아버지는 분노에 가득 차 있었다. 농사지을 때 필요한 것이 있다고 말하면 늘 성심성의껏 도왔다. 할머니와 함께 살고 있다는 이유만으로 더 요구하는 아버지한테 오히려 서운함이 많았다. 명절 때마다 늘 똑같은 아버지의 하소연을 들어야만 했던 작은아버지들과 할머니, 우리는 체념을 했다. 명절을 지내고 작은아버지들은 고향 집을 떠났다. 잘못은 아버지가 했는데 염치없고 미안해하는 것은 언제나 우리 몫이었다. 아버지를 알코올 중독 클리닉 병원에 입원 시켜 치료하는 것을 고려해 보았지만 쉽지가 않았다.

결혼 후 몇 년이 흘렀다. 아버지 생일이라서 남편과 함께 친정을 찾았다. 친정에 가기 전에 항상 하는 일이 있다.

"아버지, 사위 내려가는데 술 취한 모습 보이지 말아주세요. 남편한테 면목이 없어요. 그러니까 제발 제대로 된 모습으로 기다려 주세요. 네? 만약에 또 취해 있으면 다시는 아버지 보러 안 갈 거예요."

아버지한테 제발 술 좀 먹지 말고 기다려 달라고 신신당부했다.

"알았어. 얘는 내가 언제 술을 그렇게 많이 먹는다고 그랴."

퉁명스럽게 대답했다.

그렇게 신신당부하고 친정에 가면 다행히 아버지는 술 취하지 않은 모습으로 기다렸다. 그 이후로 명절, 생일 때마다 미리 전화하는 것이 습관이 됐다. 친정에 갈 날짜가 다가왔다. 온몸이 아파지기 시작했다. 두통, 몸살로 움직일 수가 없었다. 마음 깊숙한 곳에서 아버지가 보고 싶지 않다고 아니 술 취한 아버지가 보고 싶지 않다고 아우성쳤다. 그렇지만 아버지이기에 무거운 발걸음을 옮겨야만 했다. 친정에 도착하면 자식의 안부를 묻기도 전에 아버지는 궁하게 사는 것에 대해 힘듦을 하소연하기 바빴다. 남편한테 염치가 없었다. 아버지와 외식을 한 후 집 청소, 빨래, 냉장고 청소, 싱크대 청소 등을 끝낸 후에 용돈은 쥐여주고 서둘러 집으로 돌아왔다. 친정에 다녀오면 몇 주일간은 안개 속에서 지내게 된다. 절망스러움과 슬픈 감정이 나의 모든 것을 지배했다.

'엄마가 있었으면 이렇게 힘들지는 않았을 텐데, 모든 삶의 무게를 오빠와 나, 동생이 짊어지며 살아야만 한다는 것이 숨을 쉴 수가 없어.'

병원에서 아버지가 입원했다는 전화가 왔다. 우리는 급하게 병원으로 향했다. 담당 의사를 만나 보니 아버지는 전날 술 취한 상태로 넘어져서 응급실에 실려 왔다고 했다. 검사 결과 넘어진 충격으로 미세한 뇌출혈이 있으니 경과를 지켜보자고 했다. 며칠이 지나 다행히 큰 이상이 없어 퇴원했다.

"아버지, 앞으로 술 먹으면 큰일 난대요. 이젠 더 그렇게 살면 안 돼요, 제발요. 네?"

"술을 왜 먹어. 이젠 안 먹어."

아버지는 철석같이 대답했다. 뇌에 출혈이 흡수될 때까지 통원치료를 받아야 했다. 일주일에 한 번씩 병원에 데리고 갔다. 아버지는 이제 술을 먹지 않을 것 같았다. 한동안 술을 먹지 않았다.

낯선 번호로 전화가 걸려왔다.

"여보세요? ○○○씨 딸인가요?"

"네, 맞는데요?

아버지가 자주 가는 식당인데 외상값이 있다며 전화가 왔다. 식당 주인은 전화기 너머로 이런저런 이야기를 쏟아놓았다. 아버지는 거의 매일 시내에 있는 시장에 들러 술을 먹는다고 했다. 술 취하면 식당 주인은 물론 다른 손님들한테까지 민폐를 끼친다고 했다. 게다가 외상까지 있으니 천불이 나서 전화가 온 것이었다. 아버지가 매일 시내에 나가서 취한 채로 돌아다닌다는 것을 전혀 알지 못했다. 외상을 하며 민폐를 끼치고 있는 줄은 상상도 못 한 일이었다. 할머니가 아버지의 방탕한 삶을 숨기며 감싸줬던 것을 알지 못했다. 할머니가 돌아가시고 나서 얼마 지나지 않아 낯선 식당에서 걸려온 전화로 아버지의 방탕한 삶을 비로소 알게 된 것이다. 기가 막혔다. 이튿날 아버지한테 전화를 걸어 고래고래 소리 질렀다.

"아버지가 시내에 매일 나가는 게 사실이에요?"

"시장에서 술 취한 채로 돌아다니는 게 사실이에요?"

"식당에서 외상을 하면서 술 먹는 게 사실이에요?"

"왜 그렇게 살아요. 아버지가 아버지 같아야지요. 네? 제발 우리 좀 살려주세요. 네?"

목소리와 손이 파르르 떨렸다. 화난 마음이 주체가 안 되었다. 그 이후로 일 년 동안 아버지한테 발길을 뚝 끊었다.

지난날들이 스쳐 지나갔다. 초등학교 운동회에서 취해있던 아버지 모습, 중학교에서 돌아오는 버스 안에 잔뜩 취한 아버지가 있었던 일, 고등학교 교무실에 취해서 찾아왔던 일, 나의 자취방에 잔뜩 취해서 찾아왔던 모습들이 떠올라서 치가 떨렸다. 그렇게 아버지가 미워지기는 처음이었다. 많은 것을 바라지 않았다. 그저 시골집을 지키고 있어 주기만 하면 되는데 그게 그렇게 어려운 일인가. 지칠 대로 지쳐버렸다. 아버지는 이미 손을 쓸 수 없었다. 발길을 끊어도 아무런 소용이 없었다. 아버지의 의지로 되는 일이 아니었다. 아버지이기에 걱정이 되어 다시 시골집을 찾았다. 내 마음이 불편해서 최소한의 도리만 하고 집으로 돌아왔다.

'언제까지 이대로 살아가야 하나.'

'이 허기가 언제쯤 끝이 날까.'

한숨만이 나올 뿐이었다.

우울증이 내게 인사한다

5월이었다. 자췻집은 골목으로 들어가 왼쪽에서 두 번째 집이었다. 대문을 열고 들어가면 왼쪽 끝에는 화장실이 있고 앞마당에는 장미꽃이 흐드러지게 피어 있었다. 미닫이문을 열고 들어가면 마루가 있고 양쪽으로 방이 마주 보고 있으며 정면으로는 큰방과 부엌이 있다. 뒷마당에는 수도가 있다. 소박하고 아담한 집이 마음에 들었다. 주인 할머니 인상이 좋기도 하여 당장 이 집에서 자취하기로 했다. 마루 왼쪽에 있는 방이 내방이었다. 방문은 위쪽 일부분이 투명하지 않은 유리로 되어있었고 방 창문은 마당이 훤히 보일 정도로 컸다. 그 창문으로 보이는 장미가 보기 좋았다.

방에는 좌식책상과 책장, 작은 행거, 전기밥솥, 간단한 식기들, 작은 선반, 생활용품 등 최소한의 것들만 갖춰놓았다. 새롭게 자취를 시작했다. 아늑한 내방이 생겼다. 나 혼자 사색할 수 있는 흐트러진 모습으로 있어도 괜찮은 나만의 공간이었다. 듣고 싶은 음악을 마음껏 들었다. 나만의 세계 그곳에서 마음껏 유영했다. 좋아하던 가수의 곡들을 수도 없이 들으며 사색에 잠겼던 날들이 얼마나 많았던가. 가요들은 하나 같이 가슴에 꽂히는 곡들이었다.

집을 떠나 자취를 시작하면서 누군가로부터 간섭을 받지 않는다는 것은 놀라운 경험이었다. 내 의지로 오롯이 지낼 수 있는 자유가 있는 곳인 내방을 온전히 사랑했다.

앞집 친구가 반찬을 갖고 놀러 왔다. 오이지무침이 오도독오도독 얼마나 맛있던지 손으로 마구 집어 먹었다. 친구와 수다를 떨다 보면 시간 가는 줄을 몰랐다. 주인 할머니가 방문을 두드렸다. 친구가 오니 아는 척을 했다. 친구는 자주 놀러 와서 나의 심심함을 달래주었다. 몸은 말랐고 동그란 눈에 단발머리였던 친구는 수줍게 잘 웃던 친구였다.

어느 날 앞집 친구가 다시 놀러 왔다. 늘 그랬듯이 시간 가는 줄도 모르게 수다를 떨고 있는데 바깥에서 아버지의 목소리가 들렸다. 듣고 싶지 않은 익숙한 큰 목소리가 들렸다.

"아부지여, 저녁 먹었어?"

흐트러지고 잔뜩 취한 아버지가 친구와 있던 방으로 들어왔다.

'하~~. 왜 아버지는 또 술 취해서 왔지?'

별의별 생각들이 스쳐 지나갔다. 친구가 있는데도 횡설수설 이런저런 말들을 늘어놓았다. 친구가 난처한 눈빛으로 나를 쳐다보았다. 친구는 아버지를 처음 보았다. 수치스럽고 화가 나서 견딜 수가 없었다. 아버지는 자주 술에 취해 자취방에 오곤 했다. 나만의 공간이 생겨 자유를 만끽하는 것도 잠시 불안한 하루하루를 보내기 시작했다. 언제 또 아버지가 갑자기 찾아올지 모르기 때문이다. 친구는 이런 나의 상황에 익숙해져 갔다. 이해했던 건지 알 수는 없었다. 늘 변함없이 다정했다. 그래서 의지하며 지냈는지도 모른다. 친구는 내가 의지하며 지냈다는 것을 알지 못했다. 아늑한 방에서 자취하게 되면서 더 성숙해졌고 친구를 통해 선한 마음을 배웠다. 등하교를 같이하며 정이 쌓여가기 시작했다. 시간 일부분을 공유하며 지냈기에 특별한 친구였다.

같은 반 친구 L에게 작은 선물을 받았다. 예쁜 편지지에 좋아하는 가수의 노래 가사를 적어서 줬다. 그 가수의 노래가 담겨있는 테이프를 낡아빠진 카세트에 넣어서 듣고 싶은 곡들을 수도 없이 되돌려서 듣곤 했다. 좋아하는 내 모습을 보면서 친구 L은 종종 내가 좋아하는 가수들의 곡을 예쁜 편지지에 타자해서 주곤 했다. 나만의 방, 나만의 카세트, 나만의 친구, 나만의 장미 넝쿨을 온전히 향유했다. 자유가 가져다주는 기쁨을 누렸다. 자유의 기쁨을 향유하다가 슬픔에 빠져 지내다가를 반복하는 생활이었다. 자꾸만 알 수 없는 공기가 나를 감쌌다. 좋아하는 음악을 듣다가 찾아오는 알 수 없는 이상한 느낌이 다가오지 않았으면 좋겠는데 뜻대로 되지 않았다. 아무 일도 없는 날에도 슬픔과 비슷한 감정이 찾아왔다가 사라졌다. 시골집에 있을 때는 느껴보지 못했던 감정이었다. 시골에서 학교 다니며 정신없이 집안일을 하면서 바쁘게 지냈을 때 느껴보지 못한 낯선 감정이었다.

'왜 자꾸 기분이 가라앉지?'

'왜 자꾸 슬퍼지지?'

그런 느낌이 들 때마다 공허했다. 시도 때도 없이 공허한 느낌이 들었다. 우울증이 인사하기 시작한 것이다. 만취한 아버지의 방문이 잦아지면서 점점 삶의 의욕을 잃어갔다. 고등학교에 다니는 내내 만취한 아버지가 찾아올까 봐 마음을 졸이며 지낸 날이 얼마나 많았던가. 가끔 학교에 만취한 채로 찾아오기도 했다. 자취방 주인 할머니의 얼굴과 학교 담임 선생님의 얼굴을 똑바로 볼 수가 없었다. 아버지가 찾아오는 횟수가 늘어나면서 계속 살아낸다는 것이 무의미하게 여겨졌고 삶을 끝내고만 싶었다. 죽음은 그리 먼 곳에 있지 않다고 여겼다. 몸을 못 가눌 정도로 정신이 피폐해진 날이 많았다. 고등학생이 되면서 아버지에 대한 수치심과 미움이 깊어졌다. 불안한 마음으로 지내야만 했던 지난 세월이 억울했다. 제발 그렇게 살지 말아 달라고 매달린 세월이 얼만지. 늘 죽고 싶다는 생각만 했다. 꿈꾸는 여고생이 되고 싶었다. 가난해도 상관없었다. 엄마가 없는 것도 견딜만했다. 알코올 중독자인 아버지를 오랫동안 지켜보며 사는 것 자체가 내 정신과 육신의 모든 것들을 갉아먹어 버렸다. 아무런 분간도 못 하는 아버지를 점점 더 미워했고 분노가 일었다.

무기력했다.

감정이 무뎌졌다.

웃음이 사라지기 시작했다.

의욕을 잃었다.

울고만 싶었다.

화가 났다.

희망이 사라졌다.

분노가 가득 차기 시작했다.

자신감을 잃어버렸다.

대인기피 현상이 심해졌다.

이러한 감정들이 내면에 들어와 둥지를 틀었다. 희망이 사라졌으니 살아갈 이유가 없다고 여겼다. 자취하는 3년 내내 죽음이라는 것에 대하여 깊이 생각하며 살았다. 유서라는 것을 써놓고 눈물, 콧물이 범벅이 되어 지냈다. 지워버리고만 싶은 그 시절은 어쩌면 내 생애 가장 잔인한 시절이었다. 아무런 감정의 변화 없이 로봇처럼 학교에 다녔고 힘겹게 일상생활을 이어나갔다.

혼자 지내게 되면서 오빠와 나, 동생이 참 열악한 환경에서 살았다는 것을 깨달았다. 이전에는 자각하지 못했다.

'할머니는 요령도 없이 일만 열심히 하는 사람이었구나.'

'아버지는 아무런 계획도 없이 무책임한 삶을 살고 있던 사람이었구나.'

'우리들은 많은 것을 참고 견디며 살았구나.'

'우리는 왜 이렇게 살아가야만 할까. 우리 집에는 어른다운 어른이 없었구나.'

이런저런 생각이 들면서 분별력이 생기기 시작했다. 아버지가 잘못된 삶을 살고 있다는 것을 아버지가 술에 취하지 않았을 때 지속해서 얘기했다. 아버지는 그 순간은 미안해했지만, 변화가 없었다. 여러 가지를 깨닫게 되면서 우울한 감정이 더 자주 찾아왔다. 어느 날 자취방에 오빠가 찾아왔다. 오빠에게 이전에 느끼지 못했던 깨달음, 기분 나쁜 감정에 대하여 토로했다. 오빠도 똑같이 느꼈던 감정이라며 어쩔 수 없는 일이라고 했다. 우울감이 심하게 느껴질 때마다 오빠에게 토로하며 위로를 받았다.

반 친구 L로부터 아르바이트 제안을 받았다. 대입 학원의 서무실에서 업무를 돕는 일이었다. 여름방학에 집에 가지 않고 한 달 동안 아르바이트를 했다. 지긋지긋한 시골집에 가지 않는 것만으로도 살 것 같았다. 새로운 환경에서 새로운 사람들과 마주 대하며 일을 하니 우울했던 감정들이 잦아들었다. 바빠지니 잡념이 사라지기도 했지만, 무엇보다 내가 쓸모 있는 사람이라는 것에 뿌듯함을 느꼈다. 주눅 들어 있던 나를 친구 L이 잠깐 건져준 것이었다. 고마운 친구였다. 여름방학이 정신없이 흘러갔다.

어느 날 갑자기 늦은 밤에 동생이 찾아왔다. 집에 가기 싫어서 막차를 타고 왔다고 했다. 너무 반가워서 꼭 끌어안았다. 내 삶이 바빠 동생을 챙기지 못했다. 안쓰러웠다. 희망을 삼켜버린 나는 동생도 그럴까 봐 걱정이었다. 갑자기 찾아온 동생과 함께 밤이 새도록 이야기를 했다.

나는 아무 생각 없이 말했다.

"시골집에 가기 싫어 이젠, 나는 그 지옥에서 탈출한 거야."

동생이 화를 내며 말했다.

"나는 언니가 탈출한 지옥 같은 집에서 살고 있어. 그럼 나는 뭐가 돼."

순간 실수를 한 나는

"아, 미안해."

너무 미안했고 언니로서 면목이 없었다. 혼자 탈출하여 자유를 만끽하는 동안 동생 혼자 시골집에서 힘들게 지내고 있었다는 것 을 잊고 있었다. 우울증에 빠져 허우적거리느라 동생을 챙기지 못했다. 동생은 가끔 기습 방문을 하여 나를 기쁘게 해줬다. 동생의 밝은 모습을 보면서 다행스럽기도 했지만, 가슴이 아렸다.

고등학교 다니는 동안 우울증은 나도 모르게 침습해 나의 온 정신과 육체를 절여놓았다. 시간이 흐르면서 그 무엇도 위로가 되지 않았다. 그 어떤 것에도 더는 흥미를 느끼지 못했다. 기쁘지도 슬프지도 않은 모호한 감정으로 지내는 날이 대부분이었다. 알코올 중독자인 아버지가 내 아버지라는 것이 수치스러워서 하루빨리 아버지 곁에서 벗어나고 싶었다. 어떤 목적의식도 없이 로봇처럼 학교만 다녔다. 단 한 가지 자주 찾아오는 아버지를 피해 졸업하기 전 취업하는 것이 바램이었다.

남자친구를 만나니

아파트 문간방에서 월세로 살고 있다. 집이지만 갇혀 있는 느낌이 들었다. 답답했지만 쉴 수 있고 잠잘 수 있고 음악을 들을 수 있는 소중한 공간이라고 생각하니 견딜 수 있었다. 음악이 흐르고 있다. 남자친구가 준 카세트테이프를 매일 반복해서 들었다. 가요부터 팝, 클래식한 다양한 음악을 들으며 남자친구를 알아가기 시작했다.

회사에 다니던 중 동생과 친한 언니가 괜찮은 청년이 있다며 소개해 줬다. 대학 휴학생으로 의경 복무 중이라고 했다. 여름의 끝자락 낯선 레스토랑에서 그 청년을 처음 보았다. 스포츠머리에 안경을 쓰고 신문을 보고 있었다. 레스토랑에 손님이 우리밖에 없어서 금방 알아볼 수 있었다. 그 청년은 쑥스러워서 내 얼굴을 제대로 쳐다보지 못했다. 인사 후 정적이 흘렀다. 식사를 주문해서 먹는 동안 어색한 기운이 감돌았다. 처음 본 순간 너무 어리다고 생각을 했다. 만나기 이전에 이미 전화로 친해져 있었지만, 막상 만나니 어색했다. 약간의 대화를 하면서 만나기 전 전화 통화를 상기시켰다. 그때 전화상의 목소리와 처음 만난 청년의 얼굴을 매치시켜보았다. 이야기를 나누다 보니 어색함이 사라졌고 자연스러워졌다. 다음에 다시 만나기로 하고 헤어졌다.

그 청년이 휴가 나올 때마다 만났다. 우리는 서로 지나치게 진지했다. 만날 기회가 많지 않기에 시간을 대충 흘려보낼 수 없었다. 주로 한강 둔치에서 데이트했다. 어려 보였던 친구는 만나다 보니 의젓함을 지닌 사람이었다. 그 청년한테 호감이 생기기 시작했다. 몇 번 더 만나 친근해지면서 그 청년은 남자친구가 되었다. 남자친구는 내게 부족한 것과 필요한 것이 무엇인지 알아뒀다가 만날 때 선물로 주곤 했다. 그의 세심함과 따듯함에 물들기 시작했다. 문득 오빠의 따듯함이 오버랩 되면서 나는 따듯함이 간절했던 사람이라는 것을 알게 되었다. 따듯한 오빠, 따듯한 영화, 따듯한 드라마, 따듯한 그림, 따듯한 독서 등등 사랑에 목말라 있는 사람이었다. 남자친구의 따듯한 배려심 덕분에 내 마음도 따듯함으로 가득 찼다.

가장 힘들 때 만나서 그런지 자연스럽게 서로 의지하게 되었다. 남자친구는 시위가 많아지면서 휴가가 미뤄졌다. 나는 회사에 다니면서 밤에는 한복 기능사 자격증 시험을 준비했다. 만날 수 있는 상황이 되지 않아서 서로 편지로 마음을 대신했다. 남자친구도 편지에 만나고 싶은 마음을 간절히 담아서 보냈다. 나 또한 만나고 싶은 마음을 간절히 전하면서 잘 참고 기다려보자고 했다. 어렵게 휴가를 나오면 그 시간만큼은 알차게 보냈다. 영화를 보고 한강 둔치를 거닐며 많은 이야기를 나눴다. 만나는 동안 나눴던 우리들의 이야기는 서로의 가슴속에 간직되었다.

나는 새로운 자격증에 도전하면서 부딪히게 되는 어려움을 토로했고 남자친구는 자유가 없는 의경 생활을 하소연했다. 그렇지만 서로 지지를 해주며 힘든 시간을 버티다 보니 어느덧 남자친구는 의경 생활을 무사히 마칠 수 있었고 나는 한복 기능사 자격증을 취득하게 되었다. 사회에 다시 나오자 남자친구는 아르바이트 자리를 알아보더니 바로 일을 시작했다. 신문 배달, 레스토랑 서빙 등의 일을 했다. 남자친구의 생활력에 든든함이 느껴졌고 믿음직스러웠다.

한복 기능사 자격증을 취득한 후 다니던 회사를 그만두고 한복 의상실에 취직했다. 남자친구를 꾸준히 만나면서 데이트를 즐겼고 각자의 꿈을 위해서 주어진 일을 열심히 해나갔다. 추운 겨울 찬바람이 볼을 스쳤다. 겨울의 상쾌함을 좋아했다. 찬바람이 나의 얼굴과 옷을 차갑게 만들어 놓으면 생동감이 솟아났고 몽롱했던 정신이 맑아지면서 의욕이 생겼다. 추운 것을 즐겼다. 늦은 밤 한복 만드는 일을 끝내고 퇴근 후 버스를 기다릴 때 추웠지만 차가운 바람이 상쾌했다. 힘들 때 겨울바람을 맞고 있노라면 고난을 잘 헤쳐나갈 수 있다는 느낌이 들어 좋았다.

남자친구와 만남을 지속하다 보니 마음에 무거운 짐 하나가 계속 불편했다. 열등감의 원천이었던 불우한 가정환경이 자꾸만 거슬렸다. 아무런 걱정 없는 밝은 여자 친구가 되어주고 싶은데 그럴 수 없다는 것이 속상했다. 희망을 삼켰었던 내게 다시 희망이 찾아왔는데 가정환경이 걸림돌이 되었다. 행복하면서도 그 행복이 금세 사라질까 봐 두려웠다.

남자친구에게 느닷없이 말했다.

"난 앞으로 행복해야 해. 그동안 너무 힘들었어. 행복하지 않으면 안 돼."

남자친구는 당황해하며 어색한 미소만 지었다. 만나면서 좋기도 했지만 불안하기도 했다. 방황을 계속하고 있는 내 모습을 보며 속상하다며 화를 내기도 했다. 잘 견디며 이겨나가기를 바랐다. 고통스러움 속에 빠지면 언제나 건져주었다. 남자친구를 좋아하는 마음이 깊어질수록 지긋지긋했던 상처투성이의 시절들이 더 많이 떠올랐다. 오기가 생겼다 그 상처를 넘어서고 싶었다. 닥치지도 않은 일에 혼란스러워하며 두려워했다. 미래에 대해 걱정이 가득했고 비참하게 느껴졌다. 그러다 다시 용기가 생겼다.

'내가 어때서? 나 자신만 진실하면 되지. 내 주변 환경이 뭐 그리 중요해. 난 어떤 일도 감당할 수 있어. 난 자신 있어.'

남자친구가 존재 이유가 되어버렸다.

남자친구는 내게 내가 보기에 뚱뚱한 것 같은데 날씬하다고, 다리가 휜 것 같은데 형태가 보기 좋다고 말해줬다. 못생겼다고 말하면 눈이 맑고 총명하며 쌍꺼풀이 더욱 돋보인다고 말해줬다. 덧붙여서 마음은 바다처럼 푸른빛을 지녔으며 너무나 넓고 깊은 사람, 또한 하늘처럼 맑고 푸르름을 지녔다고 말해줬다. 나의 모든 것, 단점까지도 애정을 갖고 바라봐줬다. 나의 주변 환경은 아무런 문제가 되지 않는다며 오직 나 하나만을 바라볼 뿐이라고 말해줬다. 가슴이 벅찼다. 사랑할 수밖에 없었다.

남자친구가 의경 제대할 때까지 여러 만남과 많은 편지를 주고받으며 사랑을 키웠다. 우리는 서로 첫 만남보다는 성숙해 있었다. 남자친구를 만나는 사이 몸과 마음이 매우 건강해졌다. 남자친구가 준 카세트테이프를 듣고 또 들었다. 음악을 들으면서 행복한 마음이 자리 잡았다.

나의 페르소나(가면)

골목길로 남자친구와 걸어갔다. 길모퉁이에 2층으로 된 집이 남자친구 집이라고 했다. 대문을 열고 들어가니 아담한 정원이 보였다. 담벼락 옆에 우뚝 서 있는 은행나무, 위로 잎이 삐죽삐죽 솟아있는 향나무, 이름 모를 화초들이 눈에 들어왔다. 계단을 올라가는데 떨려서 멈춰 섰다. 남자친구 부모님이 기다리고 있었다.

"안녕하세요?"

"응, 그려 어서 와."

반갑게 맞아줬다.

안방에 들어가서 무릎을 꿇고 앉았다.

남자친구 아버지가 물어본다.

"우리 아들이 까다로운데 어떻게 사귀게 됐대?"

웃음으로 대답했다.

남자친구 아버지는 신기한 듯 쳐다보며 웃었다. 남자친구 어머니는 부엌에서 분주하게 움직이고 있었다. 아마도 차를 준비했던 것으로 기억된다. 남자친구 아버지는 우선 당신의 일대기를 간단하게 이야기해 줬다.

궁금한 것을 물어본다.

"부모님은 다 계셔?"

"네, 다 계세요."

"형제는 어떻게 돼?"

"오빠와 여동생이 있어요."

"어떤 일을 혀?"

"한복 의상실에서 일하고 있어요."

대답을 다 한 나는 주춤하다가 솔직하게 말을 했다.

"저, 저의 부모님은 다 계시지만 제가 어렸을 때 헤어지셨어요. 할머니가 대신 키워주셨고요."

순간 남자친구 아버지의 표정이 변했다. 큰아들이 처음으로 사귄다는 여자친구를 데리고 왔는데 가정환경이 열악하다니 믿기 어려웠을 것이다. 전혀 예상하지 못했던 상황이 벌어진 것이다. 생각에 잠겼던 남자친구 아버지는 실망하는 기색이 역력했다.

시선을 어디에다가 둬야 할지 무슨 말을 더해야 할지 머릿속이 하얗게 변했다. 솔직한 고백이 더 떳떳한 내가 될 수 있다고 여겼다. 자라온 환경, 현재의 모습에 대하여 모두 솔직하게 말했던 것인데 많이 언짢아해서 속상했고 마음이 무거워졌다. 그러나 예측했던 일이었고 당연하였다. 남자친구 어머니가 어쩌지 못하는 나를 위로해줬다.

우여곡절 끝에 결혼하게 되었다. 시부모님은 많은 관심을 가져줬고 배려해

줬다. 남자친구는 더 믿음직스럽고 배려가 넘치는 남편이 되어 내 옆에 존재해줬다. 큰아이가 4살이 되었을 때 분가를 했다. 그때 둘째를 임신한 상태였는데 얼마 후 우리 가족은 4명이 되었다. 시부모님이 마련해 준 커다란 아파트에서 든든한 남편과 예쁜 아들들과 살아가는 삶은 꿈만 같았다.

열악한 환경에서 시집왔다는 열등감에 사로잡혀 괴롭기도 했다. 책잡히거나 친정 욕보이지 않게 하려고 예의와 도리를 다하며 살았다. 음식은 잘 못 했지만, 시어른의 생일상을 매년 직접 차려드렸고 명절 때가 되면 아이를 업고 서라고 빨리 시댁에 가서 일을 도왔다. 분가하면서 안부 전화도 자주 했다. 어린아이들과 복닥거리며 사느라 바빠도 시댁에 일이 있을 때는 언제나 그것이 우선이었다. 적어도 열악한 환경에서 자랐지만 그런 것쯤은 아무런 문제가 되지 않음을 보여주고 싶었다. 결혼 이후 부족해 보이지 않으려고 노력하는 것이 가장 힘들었다.

남편, 두 아들과 지내는 하루하루가 선물처럼 재미있고 소중했다. 하지만 한편으로는 편치 않았다. 아버지로부터 비롯되었던 우울증이 자리 잡고 있었기에 친정에서 연락이 오면 급격히 우울해졌다. 아버지는 여전히 내가 결혼한 이후에도 삶에 대한 변화가 전혀 없었다. 알코올 중독은 의식을 전혀 일깨우지 못하는 불치병이었다. 수도 없이 알코올 중독 클리닉 병원을 고려해 봐도 할머니 때문에 쉽지 않았다. 온 친정 가족이 괴로움을 떠안고 살아가야만 했다.

가족과 화목하게 살아가고 있지만 때때로 우울증이 찾아왔다. 회사 다녀온 남편을 더 상냥하게 맞이했다. 아무렇지도 않게 저녁도 같이 먹고 대화를 나누기도 했다. 아이들에게도 늘 상냥하게 대했다. 나의 우울감이 사랑하는 내 가족에게 전이될까 봐 필사적으로 아무렇지도 않은척하며 지냈다. 시어른들이 집에 찾아올 때도 늘 상냥하게 맞이했다. 그래야 내 마음이 편했다. 나로 인해 소중한 가족에게 피해를 주는 것은 상상만 해도 견딜 수가 없었다. 되도록 친정을 생각하지 않고 지냈다. 친정 생각을 덜 하면 걱정도 줄어들기에 우울증을 떨쳐버리는 하나의 방법이 되기도 했다.

어버이날이었다. 카네이션 꽃바구니를 준비했다. 시어른들의 일터로 남편과 같이 가서 축하한다는 말과 함께 전달했다. 집에 오는 길에 갑자기 눈물이 핑 돌았다.

남편에게 말했다.

"시골에 있는 우리 아버지는? 아버님, 어머님은 축하도 받고 저녁도 같이 먹을 수 있는데 우리 아버지는?"

남편이 당황해했다.

그렇게 힘들게 하고 보기 싫었던 아버지가 결혼 후 떨어져 있다 보니 한편으로는 측은한 생각이 들었다. 괜히 남편한테 볼멘소리했다. 그렇게 밉던 아버지가 남들 다 축하받는 날에 축하를 못 받는다는 것이 왜 그렇게 속상했을까. 그래도 나의 아버지이기에 나를 이 세상에 있게 해준 아버지이기에 외면할 수 없었다. 결혼 후 처음으로 남편한테 아버지 이야기를 하면서 눈물을 보였다. 미워하면서도 측은했던 아버지는 애증의 대상이었다.

첫째 아들은 만성 비염이 있어 말하다가도 캑캑거렸다. 만들기를 즐겼던 아이와 같이 플라스틱병을 재활용해 마라카스를 만들었다.

완성된 마라카스를 흔들면서 노래를 했다.

"학교 종이 땡땡땡 캑캑 어서 모이자. 선생님이 우리를 캑캑 기다리신다."

악기를 직접 만들어 박자에 맞춰 노래를 부르면서 즐거워했다. 즐거워하는 아들을 보며 기쁘기도 했지만, 비염으로 고생하는 것이 안쓰러웠다.

둘째 아들이 어린이집에 다니기 시작했다. 집에만 있다가 어린이집에 가니 재미있어했다. 상냥한 선생님, 새로운 친구, 신기한 놀이 수업에 즐거워했다. 어느 날은 인기 많은 드라마 삽입곡을 어디서 들었는지 어설픈 발음으로 열심히 불러줬다.

"오오 파라다이스 아침보다 더 눈부신 날 향한 너의 사랑이 온 세상 다 가진 듯해~~"

노래를 듣고 있던 나는 아이를 꽉 안아주면서 말했다.

"우와 어려운 노래인데 엄청나게 잘하네. 또 불러줘."

너무 행복해서 마음이 주체가 안 됐다.

아이들만큼은 내 유년 시절의 암울했던 환경처럼 키우지 않겠다는 생각을 늘 갖고 있었다. 한 남자의 아내가 되어 아이들을 낳아 기르면서 살아가는 삶이 너무 귀하고 기뻤다. 이 행복을 늘 간직하며 유지하고 싶어 우울한 감정들은 마음 깊은 곳에 묻어 두고 꺼내지 않았다. 그렇게 사는 것이 편했다. 다행히도 어린아이들 키우느라 정신이 없어 우울한 감정을 덜 느꼈다. 언제나 다정다감한 남편과 늘 웃음을 안겨주는 아이들 덕분에 우울증이 심해지지는 않았다.

아버지는 여전히

이른 아침부터 전화벨이 울렸다. 아버지였다.

"집에 가스가 떨어졌어. 돈 좀 있으면 빌려줘, 내가 갚을게."

걱정되어 대답했다.

"가스가 떨어졌다고요? 네, 알았어요. 보내드릴게요."

얼른 용돈을 보냈다. 혼자 사는 아버지가 늘 걱정이라서 전화가 오면 가슴이 철렁했다. 할머니가 돌아가신 이후로 부쩍 전화를 자주 했다. 일주일이 지났다. 이른 아침부터 또 전화벨이 울렸다. 또 아버지였다.

"친구가 죽었어. 부조금이 없어. 돈 좀 있으면 빌려줘. 내가 꼭 갚을게."

"친구분이 돌아가셨어요? 누가 돌아가셨는데요? 네, 알았어요. 보내드릴게요."

아버지 연세가 있으니 친구들이 돌아가셨다는 연락이 자주 왔다.

어느 날 오빠와 통화하게 되었다.

"오빠, 아버지 친구가 돌아가셨대. 부조금이 없다고 해서 보냈어."

"뭐라고? 나한테도 똑같이 말해서 보냈는데?"

"사실이야? 이상하네."

동생에게 전화를 걸어 물어보니 똑같이 말해서 돈을 보냈다고 했다.

이상해서 아버지한테 전화를 걸었다.

"누구유?"

이미 만취해 있었다. 보내준 돈은 부의금이 아닌 술을 먹는 데 필요한 것이었다. 실망이 컸다. 속상했다. 이튿날 아버지에게 전화를 걸었다.

"아버지, 어제 보내준 돈으로 술 먹으러 갔었어요?"

"집에 쌀도 떨어졌고, 된장도 떨어져서."

"그럼 쌀하고 된장 샀어요?"

"샀어."

"알았어요."

전화를 끊었다. 아버지의 말이 석연치 않다.

'할머니가 살아 있을 때 매일 저렇게 시내에 나갔었나?'

오빠, 동생과 상의했다. 아버지한테 연락이 오면 서로 알려주기로 했다. 오빠에게 연락이 왔다. 아버지가 돈이 필요하다고 했다. 나와 동생에게도 똑같은 연락이 왔다. 술 먹으러 갈 돈이 필요하여 거짓말로 돈을 요구한다는 것을 드디어 알게 되었다. 큰 걱정이 생겼다. 할머니가 살아계실 때까지 겪어보지 못했던 일이었다. 그동안 필요했던 돈을 할머니가 모두 해결해 준 모양이었다. 오빠, 동생과 대책을 세웠다. 적절한 용돈은 필요하니 일주일에 한 번씩 조금씩만 보내기로 했다.

작은아버지한테 전화가 걸려왔다.

"웬일이세요?"

"아버지한테 전화가 왔었는데 용돈 좀 보내 달라고 해서 보냈어. 너희가 용돈 안 준다면서?"

할 말이 없었다. 작은아버지한테 그동안 있었던 일을 모두 말했다. 피식 웃는다. 대수롭지 않게 받아들였다. 혼자 사는데 얼마나 불쌍하냐며 잘하라고 당부했다. 아버지는 마음 좋은 작은아버지들한테 번갈아 가며 용돈을 받아 썼다. 물론 우리들한테도 그랬다. 횟수가 잦아지니 작은아버지들도 돈을 바로 주지는 않았다. 대책이 필요했다. 용돈을 받은 날은 어김없이 시내에 나가 있었고, 만취해 있었다.

"여보세요? 작은아버지, 저예요."

"그래, 무슨 일이야?"

"아버지한테 신경 써 주셔서 감사해요. 아버지가 전화해서 용돈 필요하다고 하면 보내지 말아 주세요. 용돈을 보내드리면 술 먹는 데 다 써요. 결국에는 더 알코올 중독이 되게 만드는 거예요. 그러니까 이제 보내지 말아 주세요."

"그래, 거기까지는 생각을 못 했어, 조카. 미안해, 안 보낼게."

"네, 부탁드릴게요. 잘 지내세요."

이런 부탁까지 하다니 씁쓸했다. 아버지는 술을 먹으려는 구실로 온갖 이유를 댔다. 쌀이 떨어져서 걱정이다. 된장이 없어서 해먹을 반찬이 없다. 주변에 돌아가시는 분은 왜 그리 많은지 이해가 안 됐다.

늦여름이었던 것으로 기억된다. 이른 아침부터 전화가 걸려왔다.

"겨울에 필요한 연탄을 지금 주문해야 된디야. 주문이 밀리면 제때 연탄을 땔 수 없디야."

"그래요? 돈 보내드릴게요."

겨울 난방에 필요한 것이니 걱정이 되어 오빠, 동생과 상의해 돈을 모아 보냈다. 며칠 후에 작은아버지한테 전화가 걸려왔다.

"아버지가 연탄이 필요하다고 해서 돈 보냈어."

"뭐라고요? 연탄값 우리가 보냈어요. 아버지가 또 전화했어요? 휴 전화 끊어보세요."

당장 아버지한테 전화를 걸었다.

"누구유?"

이미 만취해 있었다. 아버지는 작은아버지와 우리가 보내준 돈을 매일매일 시내로 나가 술 먹는 데 다 썼다. 이튿날 아버지한테 다시 전화를 걸었다.

"아버지, 연탄값 받아서 연탄 샀어요?"

"응 샀지."

"몇 장 샀어요?"

"600장 샀어."

"1,000장 산다고 했잖아요."

"작년에 남은 게 있어서 그랬지."

아무렇지도 않은 듯 대답을 했다.

"그럼 나머지 돈과 작은아버지가 보내준 돈은요?"

"얘가 왜이랴, 잔소리할 거면 전화 끊어."

"아버지 자꾸 그러면 앞으로 용돈 받을 생각도 하지 마세요. 네?"

버럭 화를 내며 전화를 끊었다.

알코올 중독은 판단력을 흐리게 했다. 아버지가 하는 행위가 얼마나 잘못됐는지 인지하지 못했다. 당장 오늘 하루만 즐기기에 급급해 창피함도 무릅쓰며 여기저기 돈을 요구했다. 아버지가 너무 뻔뻔하게 보여 견디기 어려웠다. 혼자 지내면 더 절제력 있게 살아야 하는데 어린아이처럼 천방지축으로 살다니 답답했다.

결국 작은아버지한테 다 사지 못한 연탄을 직접 사줬다는 연락이 왔다. 시골에 혼자 사는 형이 그래도 안쓰럽다고 말했다.

'형제 사이와 부모 자식 사이는 다른가?'

용납되지 않는 행동을 했는데도 이해하려고 애쓰는 작은아버지가 이해되지 않았다.

알코올 중독은 저주였다. 아버지의 취한 모습을 40년 가까이 지켜보며 산다는 것은 제정신이 아니어야 했다. 아버지의 알코올 중독은 가족을 병들게 만드는 저주임에는 틀림이 없었다. 양치기 소년이 되어버린 아버지의 말은 이제 작은아버지들마저 믿지 않았고 등을 돌렸다. 알코올 중독은 깨달음도 불가능했다.

제3장
내가 살아야 했다

내가 선택한 비상구

　가난, 엄마 없는 삶보다 나를 짓눌렀던 건 알코올에 의존하며 살아가는 아버지를 지켜보는 것이었다. 우울증이 슬며시 다가와 눌러 앉아버렸다. 불우했던 유년 시절 때문인지 상처를 잘 받는 편이다. 그러다 보니 내성적이고 늘 소극적이다. 상처받는 것이 싫어 인간관계도 소극적이다. 안전한 관계만 하려고 했다. 가족, 부모, 형제, 친했던 소수의 학창 시절 동창, 날 이해해 주는 소수의 이웃, 내게 상처 주지 않는 교인과의 관계 등 상처를 주지 않는 이들과의 관계만 유지하려고 했다. 앞으로 살아갈 세상이 얼마나 복잡하고 다양한가. 소극적인 인간관계는 극복해야 할 문제였다.

　언젠가 TV 뉴스에 어느 작가와 책에 대하여 보도된 것을 본 적이 있다. 그때 알게 된 책을 대여하러 갔다가 없어서 다른 책을 대신 대여해 읽게 되었다.

책에서는 결국 더불어 살아가라는 것, 나누며 살라는 것, 관계를 맺으며 살라는 것이었다. 이 책에서 내게 다가온 키워드는 여행, 성 밖, 대면, 관계, 사람, 삶이었다. 사람들과의 관계, 대면이 참 어려웠다. 인간관계에 대하여 다시 한번 깊이 고민하게 되었고 변화가 필요했다.

현실에서는 별 부족함 없이 충분히 행복한 삶인데도 불구하고 수십 년의 세월이 흘렀지만 때때로 내 유년 시절의 허기가 여전히 현재의 삶을 지배하고 있다. 상처받기 싫어서 또는 상처받아서 관계를 지속하지 못하고 가슴앓이하며 지낸 시간이 얼마나 많았는지 관계는 참 어려웠다.

그래서 나만의 성안(집)에 있으면서 안전하기를 원했고 혼자만의 놀이에 빠진 나머지 성벽이 높아져 성 밖에 나갈 생각을 하지 않았다.

시간이 흐를수록 가족이 있지만, 친구라는 또 다른 나만의 세계가 있으면 더 좋을 것 같았다. 외로워지기 시작했다. 친구가 지금보다 더 많으면 좋겠다는 생각에 성 밖으로 여행을 떠나보기로 했다. 조금씩 용기를 내서 사람들이 모인 자리로 여행을 떠났지만 무의미하게 되돌아오곤 했다. 주춤했다가 또다시 여행을 떠나는 반복의 연속이었다. 언제까지 이렇게 살 것인가. 도전하면서도 내 마음은 늘 우울증으로 흔들렸다. 치유할 방법이 없었다. 왜냐하면, 우울증의 원천인 아버지가 여전히 아무런 변화 없이 살고 있었기 때문이었다. 내가 살아야 할 방법을 찾아야 했다. 그래서 아버지와 꼭 필요할 때 빼고는 단절하기로 했다. 나의 우울감이 남편과 아이들에게 노출되는 것이 용납되지 않았다. 일 년 가까이 아버지를 외면하며 단절하고 지냈다. 그러다 보니 마음이 아파졌다. 다시 식료품, 생필품을 챙겨 보내 주기 시작했다.

술을 먹지 않을 때의 아버지는 자식들한테만큼은 다정했고 화를 낼 줄 모르는 사랑이 넘치는 사람이었다. 그런 아버지의 좋은 모습은 술에 빠져 사는 모습에 다 갇혀버렸다.

'어떻게 해야 이 우울감에서 해방될 수 있을까?'

고민 끝에 아버지의 삶과 분리하며 살기로 했다. 아버지는 아버지 인생을 살고 나는 나의 인생을 사는 것이다. 말처럼 쉽지 않았다. 하지만 나의 갈 길을 묵묵히 걸어갔다. 남편을 더 아껴주고 사랑했으며 아이들을 위하여 육아 서적, 육아 카페, 아이들과 상호활동, 건강한 먹거리 등에 심혈을 기울였다. 내 부모와 같은 무능하고 무책임, 무지한 부모가 되기 싫었다. 그렇게 살다 보니 우울감에서 조금 벗어나게 되었다.

지인의 추천으로 사설 기관인 심리센터로 부모교육을 받으러 다녔다. 자녀를 양육하는 엄마인 동시에 부모로부터 상처를 받았기에 도움이 될 것 같았다. 나를 비롯하여 대부분의 교육생이 교육과정 중 본인과 연관된 부분이 있으면 눈물을 흘렸다. 부모교육인데 교육을 받고 나면 심리치료를 받은 것 같았다. 과제로 집에서 영화를 보고 오면 그 영화를 주제로 이야기를 나눴다. 주제를 놓고 서로 의견을 말하며 타인의 의견을 듣는 과정에서 웃기도 하며 눈물을 흘리기도 했다. 집에 있었다면 겪어보지 못했을 텐데 두려움을 이겨내고 집 밖으로 나가기를 잘했다는 생각이 들었다. 어느새 타인들 속에 묻혀서 교육을 받고 있다는 것이 즐거워졌다. 교육을 클래식 음악으로 명상하며 시작하기도 했다. 그러면 차분한 마음으로 교육을 받을 수 있었다.

기억에 남는 교육이 있었다. 콜라주 기법으로 잡지나 광고지에서 주제에 맞을만한 것들을 도화지에 오려 붙여 나의 마음을 표현하는 것이었다. 나는 세계여행을 표현했던 것으로 기억된다. 주제를 정하고 콜라주 기법으로 잡지와 광고지에서 주제와 관련된 것들을 골랐다. 도화지에 어떻게 붙일까 구상을 하고 오려 붙였다. 완성된 작품을 앞에 나가 교육생 앞에서 발표하는 것이었다. 콜라주 작품을 하는 과정에서 욕구가 있는 나를 발견하게 되었다. 그 욕구였던 세계여행을 콜라주 작품을 통해 간접적으로 경험하게 되었다. 이러한 일련의 과정을 겪으면서 우울했던 감정에 변화가 찾아왔다. 교육이 끝나면 교육생들과 식사와 차를 마시며 서로 위로가 되기도 했다.

부모교육을 받으면서 자녀를 어떻게 양육할 것인가. 허용은 어디까지 할 것인가. 여러 주제로 교육을 받으며 실천에 옮기거나 양육 태도를 바꿨다. 일방적인 엄마가 아닌 들어주고 존중해주는 엄마가 되려고 했다. 윽박지르기보다는 마음을 다스리며 차분하게 말하려고 노력했고 아이들을 화풀이 대상이 아닌 온전한 하나의 인격체로 여기며 대하기 시작했다. 또한, 자녀 양육과 관련된 추천 서적을 읽으며 성숙한 엄마가 되기 위해 노력했다. 무기력했었는데 의욕이 생기기 시작했다. 부모교육을 받으러 가면 늘 심리치료를 받는 것 같았다. 각자 가장 힘든 것을 타인 앞에서 고백하는 시간이 있었다. 고백하다 보면 가슴속에 있던 답답함이 해소되기도 했다. 선생님으로부터 따뜻한 위로를 듣게 되면서 수업은 마무리되었다. 또한, 추천해준 심리 서적을 읽게 되면서 상처받았던 마음이 조금씩 치유되기 시작했다.

성 밖을 나가 정기적인 부모교육을 통해 나에게 많은 변화가 생겼다. 대중 앞에 나서는 게 두려웠었는데 덜 두려워졌고 해보고 싶은 것이 하나, 둘 생기기 시작했다. 무엇보다 책을 더 가까이하게 되었고 성 밖으로 나가는 날이 늘어났다. 해보고 싶은 것들을 찾아 과감하게 나만의 여행을 떠나기로 했다.

손끝에서 내가 다시 태어나다, 핸드메이드

손으로 꼼지락거리는 것을 좋아해서 늘 원단으로 무엇이든 만드는 것을 추구했다. 회사에 다니며 야간에 직업전문학교에서 한복 의상을 배웠다. 한복 의상 자격증을 취득한 후 다니던 회사를 과감하게 그만두고 한복 업계에 취직해서 끊임없이 한복을 만들었다.

첫 아이 출산 후에는 아이가 돌이 될 무렵부터 아이를 데리고 퀼트 공방으로 퀼트를 배우러 다니기도 했다. 힘든 줄도 모르고 날을 새 가며 조각조각의 원단을 바느질했다. 원단으로 바느질을 해가며 무엇이든 만드는 것을 재미있어했다.

앞치마가 낡아서 갑자기 재봉틀을 꺼내놓고 여러 개의 앞치마를 만들기도 했다. 갑자기 바느질하고 싶어 자투리 원단으로 손바느질, 재봉질해가며 차받침을 만들었고 연말이 되면 한 해 동안 고마웠던 이들에게 선물하려고 파우치를 만들기도 했다.

책을 읽으면서 신비한 빈티지 세계를 알게 되었다. 빈티지한 도자기 그릇과 찻잔은 고풍스럽고 멋스러웠다. 도자기 그릇에 그려진 그림이나 문양이 그릇을 더 돋보이게 했다. 도자기 그릇과 찻잔에 그대로 매료되었다. 이것이 계기가 되어 빈티지 찻잔을 구입하기도 했다. 고풍스러운 그릇에 손수 만든 음식을 담고 멋스러운 찻잔에 손수 만든 차를 우려 마시는 모습을 상상해 보았다. 상상만으로도 기쁨이 충만했다. 서울 이태원에 가게 되면 빈티지 가구점과 빈티지 그릇상점, 소품상점을 꼭 둘러보곤 했다. 어느 순간 빈티지한 물건들은 자연스럽게 내 인생에 스며들어 내 삶의 일부가 되었다.

빈티지에 매료되면서 인터넷으로 빈티지 관련 제품들을 검색해 보았다. 온라인 빈티지 가게들이 즐비했다. 어느 온라인 빈티지 가게에 들어가 보니 도자기 찻잔부터, 패브릭 소품들이 많았는데 유난히 자수 소품들이 눈에 띄었다. 자수 소품들을 구경하는 재미가 쏠쏠했다. 언제 수놓아 진지도 모르는 오래된 자수 보, 자수 손수건을 본 순간 관심이 생겼다. 빈티지 소품 리넨에 놓인 자수가 프랑스 자수라는 것을 알게 되었다. 집에 있는 원단에 자수를 따라서 놓아보았는데 흥미로웠다. 자수를 잘 놓고 싶은 욕구가 샘솟았다. 희망을 삼켰었던 내가 알고 보니 욕구가 많은 사람이었다. 하고 싶은 것이 어찌나 많은지 순간, 이 욕구는 어디에서 샘솟는 것일까? 내면이 건강해지고 있다는 신호였다.

자수를 배워보기로 하고 프랑스 자수를 배울 수 있는 교육기관을 알아보았다. 집에서 가장 가까운 문화센터에 가서 배우게 되었다. 첫 수업은 기본 자수기법을 연습했다. 일반 바늘과 다르게 생긴 바늘에 색실을 꿰어 원단에 수를 놓는다. 연습 후 도안에 따라 원단에 꽃 그림을 전사한 후에 자수를 놓는다.

꽃 그림을 전사한 후 줄기 잎, 꽃 순서대로 수를 놓았다. 짧은 시간에 완성된 첫 자수 작품은 책갈피였다.

완성된 작품을 보며 선생님이 칭찬해 줬다.

"처음인데도 꼼꼼하게 자수를 잘 놓았네요."

쑥스러워서 미소를 지었다.

기초과정인 책갈피, 파우치, 미니 액자용 자수, 브로치 만들기를 끝냈다. 자수를 놓다 보니 지금까지 했던 취미 중 제일 재미있고 흥미로웠다. 프랑스 자수를 더 깊이 있고 체계적으로 배우고 싶은 욕심이 생겼다. 문화센터에서 중급과정으로 넘어가지 않고 더 전문적으로 배울 수 있는 곳을 찾았다. 취미이지만 체계적으로 배워서 자수를 놓고 싶었다. 배울 수 있는 곳을 알아보다가 서울에 있는 자수공방으로 가서 프랑스 자수를 체계적으로 배울 수 있게 되었다. 공방으로 자수를 배우러 오는 이들은 모두 업으로 삼기 위해 왔다. 첫 수업은 네모난 광목에 30개의 칸을 나누어 수성 펜으로 그린 후 그린 곳을 따라 홈질했다. 나누어진 칸에 30개의 자수 기법을 차례대로 배우며 익히는 기초과정을 거쳤다. 자수를 생각하며 걸맞은 그림을 그린 다음 수를 놓았다. 각각의 자수기법으로 수를 놓다 보면 훈련이 되었다. 30번째인 마지막 칸에는 반려견을 그려 전사했다. 반려견 이름은 '캔디'이다. 늘 곁에 붙어 있는 캔디는 가족의 일원이다. 30개의 기초 수 중 마지막인 스플릿 수의 주인공이 되었다.

원단에 수놓아진 캔디 모습을 반려견한테 보여주었다.

"캔디야 너야. 어때? 닮았지?"

캔디는 옷이라고 생각했는지 얼굴을 원단에 문질렀다.

반려견 캔디가 자수로 다시 태어났다. 30여 개의 기본 수를 배우고 나니 자수 놓는 것이 훨씬 편했고 응용 할 수 있는 것들이 다양했다. 창의적인 그림,

꽃, 어떠한 것도 디자인하여 원단에 자수를 놓아 테이블보, 손수건, 파우치, 의류, 책갈피 등 원하는 것을 만들 수 있다. 이젠 작은 기술을 확보한 셈이니 다양하게 자수를 마음껏 놓을 수 있다. 몰랐던 글씨를 배운 것 같았다.

기본 수 과정이 끝난 후 벽걸이용 작품 과정에 들어갔다. 자수는 원단에 따라 난이도가 결정되기도 했다. 굵은 올로 짜인 원단은 오톨도톨하여 수성 펜으로 그려서 하는 것이 어려웠다. 열 전사 펜으로 기름종이에 도안을 그렸다. 원단 위에 도안이 그려진 기름종이를 올려놓고 다리미로 열을 가하면 원단에 도안이 전사되었다. 한번 전사된 도안은 지워지지 않기 때문에 열 전사 펜으로 전사할 때는 주의해야 했다. 원단의 성질, 두께에 따라 전사하는 방법, 자수 놓는 방법도 달랐다. 공방 수업을 하게 되면서 성질이 다른 원단에 자수를 놓는 여러 가지 방법을 터득할 수 있었다. 자수의 기본과정과 작품 과정을 거친 후 집에서 자유롭게 자수 놓기를 즐겼다.

자수와 관련된 책을 몇 권 구매하여 책에 있는 도안으로 자수를 놓기 시작했다. 틈틈이 자수 소품과 주방용 소품을 만들기도 했다. 자수를 놓으면 마음이 차분해졌다. 남편을 출근시키고 아이들 등교시키고 나서 오전 시간에는 자수를 놓았다. 조용한 집에서 자수를 놓으면 집중이 잘됐고 원단과 자수 놓은 부분이 잘 조화를 이뤄 결과물에 만족했다. 더 실감 나게 더 예쁘게 표현하려고 신경 쓰다 보면 잡념이 사라졌다. 잡념이 없어지는 데다가 재미있기까지 했으니 안 할 수가 없었다. 정성을 다해 광목에 수를 놓고 손수건을 만들어 친구들에게 선물로 주기도 했다.

구매해 놓은 자수 책을 보며 미리 준비해둔 리넨 위에 한 작품씩 수를 놓기 시작했다. 완성될 모습이 궁금해서 날을 새 가면서 자수를 놓은 적도 있었다. 리넨 위에 색색의 실로 그림을 그리는 일은 그 어떤 취미보다 즐거움이 훨씬 컸다. 자수를 놓으면서 또 다른 소소한 행복감이 찾아왔다. 가만히 앉아 다리가 저리도록 집중하게 된 자수는 인내심을 길러 주었다. 아무리 작은 작품이라도 실로 하는 작업이라서 완성하려면 시간이 오래 걸렸다. 결과물을 빨리 보고 싶다는 욕구가 자수를 급하게 놓게 했다. 급하게 수를 놓으니 색감이라든지 원단과 자수를 놓은 실이 조화를 이루지 못했다. 힘들더라고 과감하게 자수 놓은 것을 다시 풀었다. 다시 인내심을 갖고 차분하게 수를 놓으면 어느새 완성되었고 원단과 수놓아진 부분이 잘 조화를 이뤘다. 자수를 놓다 보면 오로지 자수 생각만 하게 되어 우울함은 어디론가 사라진다. 그래서 수놓는 것을 더 즐겼다.

함께 산 지 10년 된 반려견의 옷을 만들어 입혔다. 독학으로 옷을 만들다 보니 어딘가 모르게 부자연스러웠다. 자수를 배우고 난 후 새로운 것을 배우고 싶었다. 마침 근처 문화센터에 애완견 옷 만들기 수업이 있어 바로 신청했다. 케이프, 티셔츠, 후드티셔츠, 조끼 순서대로 만드는 과정을 배웠다. 옷을 만들 때마다 애완견한테 입혀줬다.

"캔디야, 캔디 옷이야. 어때? 마음에 들어?"

옷에 얼굴을 문지르면서 사람처럼 좋아했다. 주먹구구식으로 만들어 입혔을 때와 비교하니 더 맵시가 났다. 옷을 좋아하는 캔디를 보면서 더더욱 배우기를 잘했다는 생각이 들었다. 사랑하는 캔디를 위하여 따뜻하게 겨울을 보내라고 겨울옷을 만들어줬다.

원단을 이용하여 뭔가를 만드는 과정은 집중력을 길러줬고 잡념을 없애줬다. 무엇보다 완성품을 보면서 새로운 기쁨을 거듭 경험했다. 자연스럽게 우울감이 줄어들었다. 우울한 감정을 느끼지 않기 위한 핸드메이드는 계속되었다.

내 마음에 무지개를 선물하다, 그림

가끔 미술관에서 열리는 유명한 전시회만 가봤을 뿐 그림을 그리는 것보다 보는 것만으로 만족했었다. 그림 그리는 데 소질이 없다고 여겨 배운다는 생각조차 하지 않았다. 미국 어느 작가의 그림을 보면 따뜻함을 넘어 안식처 같았다. 튀지 않는 따뜻한 색으로 조화를 이루고 있었다. 그림을 보고 있으면 그림 속에 내가 사는 것처럼 마음이 평온해지면서 넉넉해졌다. 따뜻한 그림이 좋았다. 긍정적인 그림을 마음에 담아 놓고 한동안은 힘겨운 일상생활을 이겨냈다. 힘들 때마다 그림책을 수시로 꺼내 펼쳐보곤 했다. 책을 통해 그림에도 관심이 생기기 시작했다.

가슴 시렸던 어린 시절을 보내온 터라 늘 따뜻함이 느껴지는 것에 관심이 갔다. 따뜻한 친구, 따뜻한 남편, 따뜻한 그림, 따뜻한 책, 따뜻한 영화 등 눈을 통해 들어오는 모든 것들이 따뜻하기를 원했다. 슬픈 그림에는 눈길이 가지 않았다. 다시 가슴 시리게 만드는 그림은 굳이 보지 않았다. 그림에 대한 관심은 고작 따뜻한 그림을 그리는 화가 몇 명의 작품에만 쏠렸다. 편식하듯 책도 그림도 편식을 하고 있었다.

프랑스 자수는 배우는 건 똑같이 배우지만 그림을 그린 후 실색을 어떻게 배색을 하여 자수를 놓느냐에 따라 결과가 많이 달라졌다. 기본적으로 색에 대한 감각이 뛰어난 사람이 있다고 생각해왔다. 노력하면 색에 대한 감각이 길러질까? 고민스러운 부분이었다. 자수를 놓는 기술은 숙련하는 것이라 얼마든지 잘 놓을 수 있는데 색의 조화가 문제였다. 열심히 자수를 놓아 완성한 작품마다 세련된 느낌은 전혀 찾아볼 수 없었고 촌스러웠다.

자수를 감각 있게 놓고 싶은데 완성한 작품을 보면 늘 만족하지 못했다.

'나는 왜 이렇게 색감이 없지? 아이 속상해.'

실색의 종류가 부족해서인가 싶어서 더 많은 실을 장만하여 자수를 놓아봤다. 결과는 똑같았다. 색감이 전혀 없었다. 한복을 배우고 의상실을 해보겠다는 꿈을 가졌던 적이 있었다. 그 꿈을 접게 된 것도 배색을 못 한다는 이유에서였다. 특히 한복은 배색이 매우 중요했다. 저고리와 치마의 배색에 따라 분위기가 많이 달라졌다. 이미 색의 조화에 있어 좌절한 경험이 있었는데 그토록 좋아하게 된 프랑스 자수도 색감이 부족하여 고민에 빠지다니 속상했다. 이대로 멈출 수가 없었다. 색감을 키우는 것이다. 그림을 배워보기로 했다. 색감을 키울 수 있는 그림의 분야를 알아봤다. 색연필로 꽃 그림을 그리는 보태니컬 아트가 있었다. 식물을 주제로 자세히 관찰하며 아름답게 묘사하는 미술 활동이었다. 그림을 그린 후 여러 가지 색연필로 색상과 질감을 묘사하는 것이었다. 색감 연습하기에 안성맞춤이었다. 집에서 가까운 문화센터에 등록하고 그림을 배우기로 했다. 그림까지 배우게 되다니 가슴이 두근거렸다.

그림을 배우러 가는 첫날이었다. 문화센터에 가는 발걸음이 가벼웠다.

첫 수업 시간이었다. 교실에 들어서자 인사를 했다.

"안녕하세요?"

"네, 안녕하세요?"

선생님이 차분한 목소리로 맞아줬다. 인사하고 있는데 또 다른 수강생이 왔다. 인상도 좋은 선생님은 앞으로 진행될 수업에 대하여 자상하게 안내해 줬다. 수업이 진행되었다. 연필의 성질을 알기 위해 연필로 기초 선 긋기, 직선, 곡선, U자형 선 긋기 연습을 했다. 두 번째 수업부터는 선 긋기 연습이 끝나고 드로잉 연습을 했다. 튤립을 그리는 과정에서 꽃잎과 줄기, 잎의 세밀한 부분을 표현하면서 명암을 넣어가며 질감을 표현했다. 꽃 카라도 드로잉 연습을 했다. 드로잉 연습 후 본격적인 채색을 위한 드로잉을 했다. 드로잉 후 프랑스 자수처럼 전사하는 과정을 거쳤다.

실제 꽃을 보고 그리거나 책을 보고 그리는 과정에서 지우개를 여러 번 사용하면 화지의 표면이 상하게 된다. 그래서 얇은 종이에 먼저 밑그림을 그린 후 그 뒷면에 4B와 같은 진한 연필로 밑그림을 따라 검게 칠한다. 이것을 다시 화지 위에 놓고 밑그림을 따라 한 번 더 그리는 과정을 전사 과정이라고 한다. 전사할 때 주의할 것은 화지 위에 밑그림을 놓고 그릴 때는 힘을 살짝 빼고 그려야 한다. 왜냐하면, 화지에 자국이 생기면 채색했을 때 선이 드러나기 때문이다. 전사과정이 끝나면 채색이 시작된다. 옅은 색부터 초벌 채색한 후 점점 진하게 음영을 넣으며 채색한다. 채색하다가 잘 안 되는 부분이 생기면 선 긋기 연습을 다시 했다. 직선, 곡선, U자선 긋기를 강약을 조절하며 연습했다. 다섯 가지 작품을 끝내고 보라색 카라를 드로잉하고 전사과정을 거쳐 채색하기 시작했다. 카라 꽃잎부터 잎, 줄기까지 가장 어려운 채색과정이었다. 정성을 다해 채색했더니 만족스러웠다. 선생님도 칭찬해줬다. 자수도 인내하며 정성을 다해 수를 놓아야 만족스러운 결과물이 나오듯이 색연필 꽃 그림도 정성을 다해 인내하며 채색을 해야 만족스러운 결과물이 나온다. 세밀하게 묘사하며 색칠하는 과정이 어려운 작업이지만 드로잉 후 색칠하다 보면 잡념이 사라진다. 수업뿐만 아니라 집에서도 보태니컬 아트 꽃 그림을 계속 그렸다. 색채감각을 키우기 위하여 그림을 배웠는데 더 많은 시간이 필요했다. 색채감각을 발달시킨다는 것이 단시간으로 해결되는 것은 아니었다. 다른 작가들의 작품을 많이 보고 채색을 연습하다 보면 언젠가는 색채감각이 나아질 거라 믿었다.

자수를 잘하기 위하여 배운 그림은 배우러 다니는 동안 설렜다. 만족스러운 작품을 완성하기 위한 일련의 과정이 내면을 수련하는 것 같았다. 왜냐하면, 스케치해서 전사하고 색을 칠하는 과정은 시간도 오래 걸릴 뿐만 아니라 집중을 해야만 만족스러운 작품이 되기 때문이다. 그림을 그리는 시간만큼은 오로지 그림에 집중하느라 잡념에 시달리지 않았다. 또한 우울한 감정을 느끼지 못했다. 그림을 그리러 문화센터에 가기 위해 움직였고 좋아하는 그림을 그리게 되니 우울증은 잠시 어디론가 사라졌다. 한동안 그림 그리기는 심리치료사였다. 자수를 놓기 위해 배운 그림은 또 다른 그림을 볼 수 있는 통로가 되었다.

발길 닿는 대로 떠나다, 여행

어디론가 늘 떠날 준비를 하는 내 모습을 발견한다. 컴퓨터를 보다가도 여행지를 자연스럽게 보게 되고 스마트폰을 보다가도 여행에 눈길이 쏠린다. 일상을 통해 축적된 부정적인 것들을 내려놓고 새로움을 경험하고 싶었다.

일상에서 얻게 된 부정 덩어리들을 내려놓기 위해 어디론가 늘 떠날 준비를 하는 내 모습은 당연했다. 현실은 너무도 비현실적인 일들의 연속이었기에 떠나지 않고는 견디기가 어려웠다. 여행지에 가게 되면 이전의 현실이 아닌 새로운 현실 속에서 새로운 일상이 시작되는 것이 좋았다. 내가 떠나는 여행 장소는 목적에 따라 종류가 다양했다.

자연을 찾아 떠나는 여행, 머리를 식히러 떠나는 여행, 맛집을 찾아 떠나는 여행, 일상을 탈출하기 위한 여행을 즐겼다. 당일치기 여행, 단기 여행이었다. 거창하게 장기여행을 다녀와야만 하는 여행이 아니라 당일치기 여행이라도 사소한 것을 보며 작게나마 새로움을 느낄 수 있다면 그것이 진정한 여행이었다. 여유와 낭만, 자유를 찾아 떠나는 여행이기도 하지만 여행지만의 특별함을 느끼고 간직하기 위해 떠나는 여행이 대부분이었다.

아이들 초등학교 시절 자연을 찾아 떠났던 가족여행이 가장 기억에 남았다. 7번 국도를 따라 동해, 삼척, 영덕 등 자유여행을 떠났던 기억이다. 해안선 도로를 따라가 발길 닿는 곳으로 향했다. 첫 여정 지는 동해 묵호 전망대였다. 도착한 순간부터 탄성을 자아냈다. 전망대에서 바라본 풍경이 가슴을 확 트이게 했다. 바다와 어촌마을이 펼쳐져 있었다. 마을의 집 벽마다 그림이 그려져 있어 마을 자체가 갤러리였다. 아이들도 벽화를 구경하며 숨바꼭질을 하듯이 즐겼다. 전망대에서 바다를 오랫동안 바라보며 머물렀다. 내륙 지역에 살다 보면 동경하는 것 중 하나가 바다다. 뜻밖에 맞이한 멋진 묵호항의 바다와 어촌마을의 풍경은 우리 가족의 마음속에 오래 남아서 이후에도 묵호항으로 종종 여행을 떠났다.

다시 7번 국도를 따라가다 삼척 추암 해수욕장에 들렀다. 바다와 촛대바위가 어우러진 풍경을 보고 있으니 또 탄성이 절로 나왔다. 바다가 안겨주는 풍경을 보며 힘들었던 일상을 잊을 수 있었다. 이튿날 다시 국도를 따라 내려가다 신남 항에 들렀다. 아주 작은 어촌마을에 있는 신남 항은 항구 근처에서 할머니들이 말린 생선을 팔고 있었다. 삼치, 곰치 등을 말려놓은 거라고 했다. 많은 양을 가지런하게 진열해 놓은 모습은 신기한 볼거리였다. 시식도 하고 맛있는 쥐포를 사서 먹으며 우리 가족은 즐거워했다. 등대 방파제에는 갈매기들이 유난히 많았다. 다시 7번 국도를 따라 내려가다 영덕에 들렀다. 영덕 하면 대게가 아닌가. 바다를 바라보며 영덕 대게를 맛있게 먹던 우리 가족은 더없이 행복했다. 모든 여행지의 마침표는 그 지역의 음식을 맛보는 것이 아닐

까.

여행을 떠나와 새로운 것을 마주했을 때 비로소 여행을 떠나온 것을 온몸으로 느꼈다. 일상에서 느낄 수 없는 것들을 발길 닿는 대로 떠나 느껴보는 것은 마음을 정화하는 좋은 방법이었다. 사람들과 어우러져 살면서 겪는 고통과 슬픔이 축적되면 나로 모르게 무기력해진다. 그래서 여행을 떠나는지도 모른다. 아니 늘 떠날 준비를 하며 살아간다.

7번 국도 여행은 마무리하고 경북 안동 하회마을로 향했다. 안동하회마을은 한적했다. 고택의 대문은 대부분 닫혀있었다. 고택 내부를 둘러보지 못해 아쉬움이 많았다. 고택 바깥의 주변만 들러보았다. 아이들에게 한국의 전통적인 집이 옹기종기 모여 있는 모습을 보여 준 것만으로 만족해야 했다.

하회마을 근처에 있는 병산서원으로 향했다. 산속으로 굽이굽이 들어가니 경치가 좋은 곳에 있었고 서원 맞은편에는 작은 강이 흐르고 있었다. 유생들이 학문을 연구하기에 좋은 자연환경이었다. 깨끗하게 정돈된 전통적인 한옥 건축물을 마주한 순간 걸음을 멈추었다. 병산으로 둘려있고 유유히 흐르는 강 옆에 나무들과 어우러져 멋진 풍경을 자아내는 병산서원에 매료되었다. 강가에서 햇살을 받으며 노는 아이들을 보니 문득 내 아이들이 안쓰러웠다. 회색 도시에는 볼거리와 놀잇거리가 한정되어 있었다. 강과 나무가 있는 자연 속의 모든 것들과 친구 삼아 자라고 있다면 좀 더 여유로운 마음으로 살아가지 않을까. 엄마로서 아쉬웠다. 병산서원의 깨끗한 자연환경을 바라보며 난 또 일상의 버거움을 생각하고 있었다. 아쉬움이 그만큼 컸기 때문이었다.

병산서원을 떠나 영주 부석사로 향했다. 부석사를 향해 은행나무 길을 걷다 보면 산 중턱에 부석사가 보인다. 부석사에 오르니 바라다보이는 전경이 바다를 보고 있는 것처럼 가슴이 확 트였다. 부석사의 무량수전은 국보 제18호이며 고려 시대 목조 건물이라고 했다. 건물은 낡았지만 고풍스러우면서 기품이 있었다. 무량수전의 지붕, 처마, 기둥, 문 등 모든 곳을 구석구석 보며 오래됨의 멋스러움에 탄성을 자아냈다. 산 중턱에 자리 잡은 부석사 정상에서 아래를 바라보았다. 산 위에 떠 있는 듯했다. 이곳은 현실과는 다른 세계인 것 같았고 신비스러운 느낌을 뭐라 표현하기 어려웠다. 어떤 아련함이 느껴졌다. 그렇다. 빈티지함에 매료된 것이었다. 한참을 그 다른 세계에 머물러 있었다. 새로움과 색다름을 향유하는 것, 바로 그것이 여행의 이유이다. 겨울에 찾은 부석사의 풍경이 이렇게 좋은데 봄, 가을에는 풍경이 얼마나 더 좋을까 생각을 했다.

아쉬움을 남겨둔 채 부석사를 떠나 영주 소수서원으로 향했다. 우리나라 최초의 서원이라고 했다. 유학자 안향의 위패를 모셔놓았고 학문을 닦고 연구하던 공간이었다고 했다. 선비촌으로 이동했다. 아이들과 고택을 둘러보기도 했고 돌다리도 건너보고 선비도 되어보고 갓 만든 인절미도 먹어보았다. 앞에는 천이 흐르고 있었고 소나무 숲과 어우러진 겨울의 소수서원은 평화로웠다.

7번 국도를 따라 발길 닿는 대로 떠났던 2박 3일간의 여행은 새로운 것을 보고 경험하는 시간이었다. 가족여행이라서 더욱더 값진 시간이었고 추억을 한 아름 안고 돌아왔다. 그 추억으로 한동안 현실에서의 고통을 견디며 지냈다.

자연을 찾아 떠났던 여행에서는 바다와 산, 나무를 많이 보았다. 자연의 곁에서 겨울 바다 향기를 맡았다. 등대가 서 있고 파도가 부딪히던 방파제, 방파제에 있던 갈매기, 바다에 떠 있던 배들과 항구에 정박해 흔들거리던 배들, 항구에서 생선을 팔던 할머니들의 모습이 잊히지 않았다.

자연의 곁에서 겨울나무 향기를 맡았다. 나무로 만들어진 절과 서원은 온통 산으로 둘러싸인 곳에 있었다. 정원에는 나무들이 어우러져 멋진 풍경을 이루고 있었다. 나무 향기가 좋았다. 도심 속에서 맡던 답답한 향기와는 비교도 안 됐다. 이 밖에도 기억에 남는 여행이 많다.

자연의 향기를 향유하기 위해 매일 여행을 꿈꾼다. 어쩌면 고통스러운 현실을 매일매일 회피하고 싶었는지도 모른다. 도심에 살다 보니 다시 자연이 그리웠다. 비록 암울한 유년 시절을 보냈지만, 자연이 있었기에 힘든 시기를 견딜 수 있었다. 슬플 때는 산과 들판을 보며 눈물을 삼켰었다. 부모는 늘 부재였으니 자연의 소산들이 나의 정신적 지주이기도 했다. 그래서 도심의 생활에 지치고 고통이 축적되면 여행을 떠나곤 했다. 여행은 힘든 나를 더 지치지 않게 하는 영양 주사와 같은 것이었다. 영양 주사와 같은 여행을 하고 현실에 돌아오면 모든 것을 잊고 다시 일상생활을 시작할 수 있었다.

달콤하고도 불편하다, 심리치료

　프랑스 자수에 심취해 열정적으로 수를 놓았다. 이렇게 재미있는 것을 왜 이제서야 알게 되었는지 아쉬울 정도로 프랑스 자수가 좋았다. 색색의 실로 천위에 차근차근 그림을 그리다 보면 그 행위 자체로 희열을 느끼곤 했다. 큰아이의 사춘기가 시작되어 그 기간이 길어지면서 버티는 것에 한계와 왔다. 몇 년을 씨름하다 에너지가 고갈되니 그토록 좋아하던 프랑스 자수를 거짓말처럼 내려놓게 되었다. 자수를 그만두니 그림 그리는 것도 의미가 없어 내려놓았다. 기쁨을 가져다주던 모든 취미를 한순간에 그만두게 되었다. 그 무엇도 하고자 하는 의욕이 없었다. 기억력이 점점 흐려지기 시작했고 감정 조절이 어려웠다.

　아들은 새벽에 잠드는 날이 많았다. 당연히 학교에 가면 학업 생활은 엉망이 되었다. 아이는 공부와 멀어져 갔다. 말을 잘 듣던 아이가 갑자기 변화하는 모습에 적응하지 못했다. 윽박지르는 날이 많았다.

"새벽까지 문자 보내느라 잠도 안 자고 앞으로 어쩌려고 그래. 응?"

학원 선생님께 전화가 왔다.

"어머니 학원에 와서 잠만 자요. 학원에 보낼 필요가 없는 것 같아요."

아이에게 또 윽박지른다.

"학원 가서도 자는 게 사실이야? 어떻게 가서 잘 수 있니? 양심도 없어? 미안하지도 않아?"

천불이 나서 고래고래 소리를 질렀다. 잘 키워보겠다고 노력하며 살았는데 아이가 엉망으로 살아갈 것만 같았다. 학원 선생님 전화를 받은 이후로 아들은 일 년 정도 학원을 쉬게 되었다. 느끼는 것이 있었는지 다시 학원에 다녀보겠다고 했다. 학습지 선생님의 소개를 받고 학원을 보냈다. 이 학원은 공부만 가르치는 학원이 아니었다. 아이들의 마음가짐, 인간 됨됨이 등 인성을 먼저 가르치고 수업을 했다. 그렇게 몇 달을 다니더니 아이가 변하기 시작했다. 그동안 어떤 잘못을 했는지 반성하면서 열심히 공부했다. 그러나 쉬었다가 하려니 뒤처졌던 공부를 따라간다는 것이 어렵다고 했다. 아무리 노력해도 뭔가 앞이 보이지 않았는지 아이는 힘들다고 토로하며 좌절했다. 힘들어하는 아이를 지켜보다 학원을 찾아가 상담을 했다. 학원에 상담하러 정기적으로 들렸었다. 들릴 때마다 아이 때문에 힘듦을 토로했다.

선생님이 조심스럽게 말했다.

"어머니, 재능기부처럼 하는 심리상담 센터가 있어요. 한번 가보지 않으실래요? 저도 우울증이 너무 심했는데 이곳에서 치료받았어요."

대답하면서 동시에 솔깃했다.

"네, 그러셨어요?"

아마도 선생님이 보기에 내가 너무 불안해 보였었나 보다. 우울증이 전혀 없을 것 같던 선생님도 다녔던 곳이라고 해서 긍정적으로 고민해봤다. 선생님께 심리 상담을 받겠다고 하니 기관을 소개해 줬다. 고민을 더 한 후 용기를 내어 보기로 했다. 기독교에서 소규모로 운영하는 기관이었다.

심리 상담을 받으러 갔다. 단정하고 차분하면서도 따뜻한 인상의 상담 선생님이 맞아줬다. 상담 선생님은 어떤 고민이 있어서 왔는지 무엇이 제일 힘든지 물어봤다. 아들과의 갈등으로 아주 힘들다고 했다. 기억이 잘 안 나지만 첫 상담 시간은 간단한 질문이 끝난 후 기초검사로 보이는 그림 그리기와 서류를 작성했던 것 같다. 그 기초검사 서류를 바탕으로 상담이 이루어졌다. 두 달 정도는 일반적인 상담이 이루어졌다. 상담 선생님은 이야기를 잘 들어주었다. 가슴에 있던 답답함을 말하고 나니 살 것 같았다. 공감을 잘해주면서 위로해 줬다. 상담 초기에는 상담받으러 가는 발걸음이 가벼웠고 편안했다. 어느 순간부터 상담 방향이 종교적으로 바뀌었다. 성경을 바탕으로 상담을 진행하기 시작했다. 상담을 받으러 가는 것이 아니라 성경 공부를 하러 가는 기분이 들었다. 갑자기 본질을 잃어버린 상담이 점점 불편해지기 시작하면서 거부 반응이 생겼다. 인내심을 갖고 상담을 더 받았어야 했는데 그만두게 되었다. 상담을 더 받았다면 어땠을까? 짧았던 상담이었지만 분명히 내 마음을 움직인 것만은 확실했다. 괜한 선입견으로 상담을 멈춘 건 아닌지 후회한 적도 있었다.

나의 이야기를 잘 들어주던 대상이 사라지니 불안해졌다. 매일 묵주기도를 하며 불안한 마음을 달랬다. 어느 날 성당미사를 마치고 로비로 나왔는데 생활성서에서 파견 나와 책을 판매하고 있었다. 때마침 눈에 들어온 책이 있어 샀다. 이 책은 부모가 자녀에게 상처를 주지 않고 자녀를 어떻게 양육해야 하는지 안내해주는 책이었다. 큰아이와 갈등이 반복되니 심신이 지쳐있었다. 어떠한 방법이라도 찾아서 힘을 내야 했다.

책을 읽고 난 후 눈물이 흘렀다. 성장의 고통을 겪고 있는 아들을 더 닦달하며 힘들게 했던 나 자신이 부끄러웠다. 이 책을 읽고 아이를 있는 그대로 바라보기로 했고 기다려주며 소통하기로 했다. 쉽지 않았지만, 이전보다 갈등이 많이 줄어들었다. 갈등이 줄어드니 숨을 쉴 수 있었다. 아버지 신경 쓰느라 머리가 아픈데다가 사춘기 아들과 갈등을 겪으니 에너지는 어디론가 사라져 버렸었다. 큰아이와 갈등이 심해지면서 남편과 작은 아이도 같이 힘들어했다. 아들과 관계가 서서히 회복되기 시작하면서 감정 조절이 가능해졌다. 나의 지독한 무지로 인한 양육 방법이 가족을 더 힘들게 했다. 책을 통하여 자신을 돌아보았다. 나의 불안이 큰아이를 가만히 내버려 두지 않았다. 얼마나 힘들었을까.

어느 날 큰아이가 고백했다.

"저는 어렸을 때부터 지금까지 하루도 불안하지 않은 날이 없었어요. 마음이 편하지 않았어요."

가슴이 철렁 내려앉았다. 순간 너무 큰 잘못을 저지르고 있었다는 것을 알게 된 나는 아무 말도 할 수 없었다. 방에 들어가 조용히 후회의 눈물을 흘렸다. 나의 불안을 큰아이한테 심어놓다니 너무 미안했다. 잘못된 육아 방식으로 아이가 힘들게 지냈다는 것을 깨달았다.

큰아이한테 진심으로 사과했다.

"엄마가 너무 잘못했어. 잘 키워보고 싶은 욕심으로 너를 너무 힘들게 했어. 진심으로 미안해."

큰아이는 괜찮지 않으면서 괜찮다고 말해 주었다.

내가 힘들었던 건 아이 때문이 아니라 나 때문에 힘들었던 것이었다. 나 자신을 진솔하게 들여다보는 계기가 되었다. 책을 통해 심리치료를 받은 것 같았다. 큰아이와 갈등하게 된 원인은 나에게 있었다. 유년 시절부터 불안을 떠안고 있으면서 나 스스로와 가족을 힘들게 했다. 책을 통하여 자연스럽게 나의 내면에 있던 부정적인 것들이 걷히는 것을 느꼈다. 깨닫는 부분은 실천하도록 했다. 책이 진정한 심리치료사였다.

글자들이 말을 걸다, 독서

초등학교 6학년 때의 기억이다. 수업과제로 간간이 글 쓰는 시간이 있었다. 글쓰기를 지켜보던 담임 선생님이 글짓기 대회를 제안했다. 글짓기 대회가 처음이라 뭐가 뭔지도 모른 채 무심코 대답을 했다. 왜 내가 글짓기 대회에 나가는 아이로 선정되었는지는 알 수 없었다.

담임 선생님은 남자 선생님으로 단발머리에 곱슬머리였고 말랐으며 키가 컸다. 글쓰기를 하던 분으로 글씨체가 남달랐다. 엄격했지만 인정이 많았고 자상했다. 선생님의 지도로 원고지 쓰는 법과 글짓기 연습을 했다. 때로는 선생님의 작업을 지켜보기도 했다. 선생님의 글씨체가 어찌나 단정하고 고운지 감탄을 했었다.

드디어 글짓기 도 대회가 열리기 하루 전날이다. 대회 지역이 집에서 멀어도 대회가 열리기 전날 대회 지역으로 이동했다. 대회 지역 근처에 교감 선생님 집이 있어서 그곳에서 하룻밤을 자야 했다. 낯선 도시, 낯선 집 모든 것이 어색했지만 대회이니 불편해도 참아야 했다. 특이하게도 대회 날 대회 장소에서 그 대회 장소를 견학한 후 글짓기를 하는 것이었는데 정전이 되는 바람에 글짓기는 엉망이 되었다. 입상하지 못했지만, 산골 학교에서 도 대회까지 나갔던 소중한 경험이었다.

문득 선생님은 나를 동정했던 것일까? 글쓰기 재능이 있어야 했는데 나는 글쓰기 재능이 있었던 것일까? 의문이 들었다. 그때 그 담임 선생님은 현재까지 문인으로 활동하고 있다. 가장 존경하는 선생님으로 마음속에 자리 잡고 있다. 글짓기 대회는 글쓰기와 책에 관심을 두는 계기가 되었다.

중학생이 되면서 한때 순정만화에 빠져 지냈었다. 의상과 머리 모양이 화려한 만화 주인공의 사랑 이야기는 단숨에 마음을 사로잡았다. 순정만화를 시작으로 로맨스 소설까지 보게 되면서 독서의 영역이 확장되었다. 고등학교 시절에는 안타깝게도 방황하느라 음악만 접하고 책과 멀어졌다.

편안하게 독서를 하게 된 것은 결혼 이후다. 아이들이 태어나면서 시기에 맞게 적절한 동화책을 구매하여 보여주게 되면서 아이들보다도 오히려 내가 더 책에 흥미가 생겼다. 그림책, 창작 동화책에 삽입된 그림이 주는 따뜻함이 좋았고 창의적인 동화는 얼마나 재미있던지 동화책을 보고 또 보면서 매료되었다. 어느 날은 아이들과 함께 동화책에 나오는 커다란 과자 집을 만들어 놀이했다. 책 읽기에 그치지 않고 책 내용을 바탕으로 만들기를 해서 놀이에 활용했다. 도깨비 옷과 계란판을 재활용해 도깨비방망이를 만들어 역할극을 하기도 했다. 책을 좋아하다 보니 아이들이 책과 친해지게 하려고 다양한 시도를 했었다. 동화책, 육아서적 외에 다른 장르의 책도 읽었다. 동화책을 보게 되면서 독서에 대한 욕구가 커졌다. 매일 먹는 밥처럼 책을 늘 곁에 두고 읽었고 외출할 때도 가방에 늘 책 한 권을 챙겼다.

아이를 낳기 전 심리 공부를 하고 있던 오빠로부터 아이 육아에 대하여 들었다. 육아에 있어 매우 중요한 것은 세 살까지 정성을 쏟으며 헌신적 사랑으로 키워야 한다고 말해줬다. 오빠 말은 늘 신뢰했기 때문에 첫아이를 낳기 전부터 스트레스를 받지 않도록 노력하며 육아서적을 꾸준하게 읽었다. 육아서적을 통해 자식을 바라보는 시각이 달라졌고 나 자신을 진솔하게 들여다보며 반성하는 계기가 되었다. 자녀를 양육하는 것은 나 자신과 끝없는 싸움이다. 욕심을 버리고 있는 그대로 존중해주며 아이들과 소통하기 위해 노력했다. 여러 육아서적을 통하여 아이들 양육하는 방법을 안내받는다는 것이 다행스러웠다. 아이를 어떻게 키울 것인가를 늘 고민했고 그 고민은 책을 통하여 도움받았다.

아이를 낳고 엄마가 되어보니 엄마가 얼마나 중요한 대상인가를 알게 되었다. 아이들 양육하느라 지치고 힘들 때 엄마가 있으면 좋을 텐데 나에게는 그런 엄마가 없다는 것이 슬펐다. 엄마가 해야 할 일이 얼마나 많은데 엄마이기를 포기한 나의 엄마가 더 원망스러웠다. 아이들 양육은 기쁘기도 하지만 몸과 마음이 지치는 힘든 일이기도 하다. 아이들 양육하는 데 있어 모르는 것이 있을 때는 책과 컴퓨터가 선생님이었다.

아이들을 양육하면서 때때로 우울증이 찾아왔다. 신기하게도 책을 읽는 동안에는 우울한 감정을 느끼지 못했다. 독서는 내 마음에 기쁨이 충만한 상태로 작동되기도 했다. 조용한 침묵 속에서 책과 마주한다. 맛있는 음식을 음미하듯이 목차를 읽으면서 첫 장부터 열어본다. 천천히 독서 여행을 하면 이전에 알지 못했던 새로운 것들을 알게 된다. 그때 가슴이 벅차오르면서 알 수 없는 특별한 감정을 경험하게 된다. 또한 독서에 몰입하면 잡념이 사라져 머리가 맑아진다. 자연스럽게 우울했던 감정이 사라진다. 그러다 보니 끊임없이 보고 싶었던 책을 찾아 몰입해서 읽었다.

독서는 새로운 세계를 만나는 관문이다. 작가가 가진 가치관이 담긴 책을 읽으면 다름을 인정해야겠다고 생각하게 된다. 수십 년을 부모에 대한 분노와 원망으로 살다 보니 내 정신적인 부분까지도 병들고 있었다. 도저히 이렇게는 살 수 없었다. 더욱더 독서에 집중하며 지냈고 자연스럽게 나 자신의 못마땅한 아집과 옹졸했던 마음을 고치게 되었다. 부정적인 마음도 조금씩 변화되었다. 책을 읽을 때마다 깨달음을 얻는데 어찌 책 읽기를 멈출 수 있단 말인가. 독서를 하면 인생 고민에 대한 해답을 얻기도 한다. 새로운 책과 만남은 마치 새로운 세계를 여행하는 것처럼 설렘과 기대감을 안겨준다. 책을 통해 내 마음이 따뜻함으로 물들고 있었다.

독서는 자아를 찾아 떠나는 여행이다. 연약한 나를 발견하게 되고 책에서 얻은 긍정의 힘과 새로 알게 된 지식으로 다시 내면을 정비한다. 조금 더 강해진 상태에서 꾸준한 독서를 통해 이전에 받아들이기 어려웠던 보편적이지 않았던 일이나 상황을 수용할 수 있는 여유가 생겼다. 폭넓게 바라볼 수 있는 너그러움이 생긴 것이다.

때로는 슬픔을 삼키기 위해, 때로는 위로받고 싶어서 시작된 독서가 이젠 필수요소가 되었다. 독서를 하면 깊이 공감되는 부분에서 강렬한 희열과 함께 충만함이 가득할 때가 있다. 어디에서도 느낄 수 없는 특별함을 계속 경험하고 싶어 책을 찾아 향유한다. 책은 진정한 친구다. 외롭고 슬플 때나 기쁘고 우울할 때 언제나 친구가 되어준다. 타인을 바라보는 시선도 좀 더 너그러워졌다. 무거웠던 마음이 가벼워지면서 일상이 평온해졌다. 책을 보면서 심리치료를 받는 것 같았다. 우울증의 근원은 아버지로부터 비롯되었는데 때때로 올라오는 우울증의 또 다른 원인이 무엇인지를 들여다보게 되었다. 독서의 놀라운 힘을 체험했다. 우울한 감정을 느끼지 못하게 하고 힘들었던 마음을 치유해 주는 책 읽기는 계속되었다.

위로받다, 기도

내 고향은 산으로 둘러싸여 있고 몇 가구 되지 않는 산골 마을이다. 고개를 넘고 넘어가야 마을이 보이기 시작한다. 어린 시절 할머니가 밭매러 갈 때 오빠, 동생과 나도 함께 따라나섰다. 일손이 부족해 주말마다 늘 도와야 했다. 비 온 뒤의 산과 마을은 온통 수증기를 머금고 있었다. 전나무 숲의 나무들 곳곳에서 수증기가 피어올랐다. 이름 모를 새들은 푸드덕거리며 날아다녔다. 숲에서 피어오르는 수증기가 신기하기도 했고 그 풍경이 보기 좋았다. 밭일을 따라나설 때는 막막함이 밀려왔다. 일이 언제 끝날지 끝을 알 수 없어서였다. 밭일이 언제 끝나는지 알 수가 없어서 어린 나이인데도 막막함을 느꼈다. 그러나 비 온 뒤에 산에서 수증기가 피어오르는 모습을 보며 위안을 얻곤 했다. 비에 흠뻑 젖은 대지가 더위를 이겨내려 안간힘을 쓰는 것 같았다. 오빠와 나, 동생 우리가 안간힘을 쓰면서 살고 있는 것처럼.

여름이 시작될 무렵 고향의 모습은 사과나무, 호두나무에 초록색 열매가 매

달려 있었고, 논에는 가뭄을 이겨낸 벼가 잘 자라고 있었다. 군락을 이룬 망초꽃도 활짝 피어 있었다. 고향의 깊어가는 푸르름에 여름 향기가 진하게 났다. 고향에 가면 늘 그렇듯 애견들과 함께 마을 산책을 했다. 비가 많이 내린 후의 산과 들판과 나무의 모습은 깨끗하고 싱그러워 보였다.

대지에 숨 쉬는 모든 것들이

'아 이제는 살 것 같아'

하고 외치는 것 같았다.

여름의 끝자락 모습은 과수원의 사과가 빨갛게 익어가고 있었고 밤송이는 튼실하게 알이 맺히고 있었다. 부추에는 씨앗 주머니가 생기기 시작했다. 자연은 가을을 준비하고 있었다. 고향은 슬픔이 맺혀 있던 곳이기도 했지만, 자연으로부터 풍요로움을 얻기도 했던 곳이다. 희로애락이 가장 짙었던 내 고향은 가기 싫다가도 자연 때문에 그립기도 한 곳이었다. 자연에 의지하며 살았기에 고향에 갈 때마다 두 팔 벌려 맑은 공기를 깊이 들이마신다.

어쩌면 따듯함을 가득 품은 교회에 대한 기억 때문에 그나마 고향을 찾게 되는지도 모른다. 가장 예민하던 사춘기 시절 모든 것을 내어놓을 수 있는 유일한 곳이었다. 왜 언제나 다른 대상이 내 부모 대신일 수밖에 없는지 몸부림치며 괴로워하며 보냈던 나날들이었다. 안개처럼 미래를 알 수 없을 때마다 교회가 숨을 쉴 수 있는 통로였다. 산으로 둘러싸여 있는 마을 맨 아래에 소박한 하얀색 건물인 교회가 자리 잡고 있다. 교회 주변에는 늘 화초가 탐스럽게 피어있었다.

우리 집 옆집이 교회 사택이고 그 옆에 교회가 자리 잡고 있다. 서울에서 목사님 부부가 새로 부임해 온 뒤로 교회에 열심히 다녔다. 걱정과 근심덩어리를 늘 호소하는 할머니와 아버지의 삶을 지켜보는 것은 형벌과도 같았다. 어둡고 슬픈 기운이 감돌던 허름한 집을 벗어나 교회에 가면 마음이 편했다. 문을 열고 교회에 들어가면 나무 향기가 가득했다. 벽과 바닥은 온통 나무로 인테리어가 되어 있어 아늑했다. 그곳에는 풍금이 있어 건반을 눌러 볼 수 있었다. 벽에 나 있는 기다란 창들 밖으로 논과 산, 들판이 보였다. 창에 걸터앉아 자연풍경을 바라보기도 했다.

교회는 또 다른 나만의 집이었다. 그곳에서만큼은 걱정근심을 떨쳐버렸고 자유로움을 얻었다. 고향에 내려가면 집보다 더 오래 머무르고 싶은 곳이 교회였다. 걷잡을 수 없는 마음과 집을 뛰쳐나가고 싶은 마음을 잡아준 곳이었다. 늘 힘들어하는 할머니, 아버지의 하소연을 듣고 살아간다는 것이 버거웠다. 슬픈 삶의 끝은 보이지 않았다. 아니 끝나지 않을 것만 같았다. 다시 태어날 수는 없는 건가. 중학생은 중학생으로 살 수 없었다. 아이 어른으로 산다는 것은 내일이 없는 하루살이나 다름없는 삶이었다.

시골이라서 교인들이 대부분 노인밖에 없어 교회 청소를 자주 했다. 집에서 속상한 일이 있을 때마다 교회에 달려가 마음을 달랬다. 나무 향기를 맡으며 두꺼운 방석을 깔고 앉아 침묵 속에서 기도할 때가 종종 있었다. 기도하면 슬픔도, 걱정근심도 흩어졌다. 기도가 위안이 된다는 것을 경험하면서 집에 있을 때도 생활 속에서 기도하곤 했다. 힘들고 나약해질수록 기도했다.

어린 마음에 수도 없이 신께 물어봤던 질문이다.

'왜 우리 집만 엄마가 없나요?'

'왜 우리 집만 아버지가 무책임한가요?'

'왜 우리 집만 가난한가요?'

집안 환경이 좋아질 리 없다고 체념할 뿐이었다. 부정적이고 어두운 기운에 억눌렸던 마음은 기도를 통해 견딜 수 있었다. 결혼 이후에도 힘들고 어려운 일이 닥칠 때마다 기도했다. 기도하면 혼란스럽던 마음이 진정되었다.

첫아이의 사춘기가 길어지면서 모든 에너지가 고갈되었다. 그때부터 다시 침묵 속에서 묵주기도를 시작했다. 하느님을 향해 내게 처한 상황을 호소하며 울부짖기도 했다. 아무도 없는 조용한 집에서 매일 하는 묵주기도는 시일이 지나면서 평온함을 가져다줬다. 신기한 경험이었다. 마음속의 모든 걱정근심 덩어리들을 모두 호소했다. 시간이 지날수록 걱정근심을 받아들이는 자세에 변화가 찾아왔다. 내적으로 강해지고 있었다. 가장 나약한 순간 언제든 손을 뻗으면 언제든지 만날 수 있는 하느님을 향한 기도는 위기의 순간마다 방향을 잡아줬다. 침묵 속에서 하는 묵주기도도 우울증에서 벗어나는 데 도움이 되었다. 인간의 힘으로 해결할 수 없는 환경에 놓일 때 최후의 수단으로 신을 찾게 되는가. 아무런 희망이 보이지 않을 때 조용히 기도하면 커다란 위안이 되었다. 침묵 속에서 기도하면 복잡했던 마음이 깨끗해지고 나도 모르는 사이 새로운 마음가짐을 갖게 된다. 가장 힘든 순간 침묵 속 기도를 통해 긍정적 에너지를 재생산하여 고통을 극복했다.

우울증에서 벗어나기 위해 마지막 발악을 하듯 계획을 세워 움직였고 실천했다. 우울증을 유발하는 걱정근심이라는 잡념을 비우고 움직이면서 하는 행위에 집중했다. 그 순간만은 우울한 감정이 없었다. 그렇지만 회피하는 수단이기도 해서 근본적으로 문제 해결이 필요했다. 우울증과 친구가 되는 것이다. 우울한 채로 그 감정을 그대로 놔두고 그 감정에 치우치지 않으면서 하고 싶었던 욕구에 충실하도록 했다. 이러한 마음훈련을 계속하니 우울증을 다스릴 수 있게 되었다.

'우울증, 너 아무것도 아니구나! 내가 이겼어.'

죽을힘을 다해 여러 가지 취미활동, 독서, 침묵 속 기도를 위해 움직였더니 우울증을 극복할 수 있었다.

여전히 힘들지만

아버지로부터 용돈을 보내 달라는 전화가 자주 왔다. 용돈을 많이 주고 싶어도 그럴 수가 없었다. 금액이 얼마가 됐든 그 용돈은 하루면 사라졌다. 수십 년 동안 술로 얼룩진 아빠의 인생은 아무런 변화가 없었다. 이제는 그런 아버지의 모습에 만성이 되었다. 용돈을 조금씩 나눠서 주는 방법을 택했다.

'어떻게 하면 아버지가 시내가 나가지 않을까.'

'어떻게 하면 아버지가 술을 덜 먹을까.'

돈을 줄여 보내는 방법밖에 없었다. 아버지로부터 받는 스트레스를 조금씩 줄여나갔다.

에너지 없이 엄마로 살아내기가 벅찼다. 에너지가 없는 데다가 아버지까지 힘들게 해서 엄마로 살아내는 것이 어려웠다. 아이들한테 나의 우울한 감정을 절대로 들키지 않기 위해 더 상냥하게 장난을 치며 지냈다. 그러다 보면 아이들을 통해 다시 웃게 되기도 했다. 그런 일상의 반복이었다. 아이들에게는 밝고 긍정적인 에너지만을 주고 싶었다. 우울증이 심할 때는 침대에서 나오지 않았다. 아이들 하교 직전에서야 간신히 움직였다. 우울한 엄마로 보이지 않기 위해 언제나 아이들이 좋아하는 간식을 만들어 놓고 상냥하게 맞아주었다. 모든 면에서 아이들을 응원해주고 사랑을 많이 주는 엄마가 되고 싶었다. 무책임하고 비겁한 엄마가 되기 싫었다.

가족영화 한 편을 보게 되면서 생각에 잠겼다.
'부모는 사랑이 바탕이 되어야 한다.'
'가난하더라도 따뜻한 가슴이 있어야 한다.'
'아이가 어리다고 하여 감정을 함부로 표현해서는 안 된다.'
'부모가 본인들의 사정 때문에 상처받는 자녀들의 고통을 외면하면 안 된다.'
'자녀들이 제대로 교육받을 수 있게 해야 한다.'
'부모는 똑똑해지려고 노력해야 한다.'
'자녀가 적어도 성인이 될 때까지는 책임을 다해야 한다.'

나는 최소한 똑똑해지려고 노력하는 엄마였고 아이들에게는 따뜻하고 희망찬 미래를 안겨주고 싶었다. 엄마가 되면서 부모의 부재가 더 이해되지 않아서 힘들었다. 가끔 엄마로부터 전화가 걸려왔다. 어떤 때는 엄마가 죄인이라고 말하면서 면목이 없다고 했다. 어떤 때는 우울해서 약을 먹고 있다고 말했다. 어떤 때는 어디가 아픈데 원인을 모르겠다고 말했다. 엄마의 전화기 너머 이야기를 듣는 것에 피로감이 몰려왔다. 아무런 말도 듣고 싶지 않은데 아버지 한 사람만으로도 벅찬데 엄마까지 힘들다고 말했다. 부모가 어떻게 그럴 수 있을까. 아무런 책임을 지지도 않았으면서 당신들의 이야기를 들어달라고 했다. 거부반응이 왔다. 걸려오는 전화를 일부러 받지 않은 적도 있었다. 힘들 때마다 책을 들여다보면서 이겨냈다. 부모한테 위로받고 챙김을 받고 싶었다. 거창한 사랑 같은 건 바라지도 않았다. 그저 온전한 정신으로 자식들을 바라봐 주는 그런 아버지의 모습을, 비록 집은 나갔어도 모성애가 있는 엄마의 모습을 보고 싶었다.

어느 순간부터 감당이 안 되던 우울증을 길들일 수 있게 되었다. 우울감이 찾아올 때 밝고 따뜻한 영화를 보았다. 영화를 보고 나면 기분전환이 되었다. 해결되지 않는 문제를 고민하며 힘들어한다고 해결되는 것이 아니기에 영화를 보며 잊었다. 사춘기 아이와 갈등이 깊어졌을 때 침묵 속에서 하는 기도와 여러 작가의 에세이를 읽으면서 힘든 시간을 이겨냈고 우울증을 길들였다. 집에만 있으니 우울증이 다시 찾아올 때 버티는 데 한계가 왔다. 집 밖의 다른 곳에서 뭔가 할 거리를 찾아야 했다. 독서 모임을 알아보고 바로 참여했다. 타인을 마주 대하는 것이 불편하고 두려웠지만, 용기를 내보았다. 2주에 한 번씩 주어진 책을 읽고 난 후의 느낌을 나누는 것이었다.

집에서 홀로 책을 볼 때와 다르게 독서 모임에 나가니 생동감이 생기기 시작했다. 열심히 책을 읽고 필사도 하면서 책 읽은 후기를 기록하기 시작했다. 재미있었다. 소설, 비소설, 에세이 등을 읽으며 나눔을 한다는 것이 위안이 되었다. 때로는 서로의 고민을 나누기도 하며 공감을 해주고 눈물을 흘리기도 했다. 기억에 남는 책이 있었다. 책을 읽고 너무 감동하여서 작가에게 편지를 썼다. 이 편지는 어쩌면 나에게 쓰는 편지이기도 했다. 작가에게 편지를 쓰면서 내 마음을 위로하고 있었다.

존경하는 작가님

안녕하세요? 당신을 새로이 알게 된 독자입니다.

당신의 허기에 관한 회고록은 숨이 막힐 만큼 슬펐습니다.

당신은 태어났을 때부터 강인함, 총명함을 갖고 있었으리란 짐작을 해 봅니다.

당신은 어른도 감당하지 못할 엄청난 일을 겪고도 부모, 형제, 친구 또는 누구에게도 그 사실을 어떻게 고백하지 않을 수 있었나요?

에너지 없이 어떻게 학업 생활을 이어 나갈 수 있었나요?

부모님의 기대에 어긋나지 않는 사람이 되고 싶었나요?

홀로 견디고 또 견뎌야 했던 당신의 강인한 정신력에 눈물이 흘렀습니다.

당신이 허기를 느낄 때마다 슬픔이 밀려왔습니다.

당신의 허기에서 수치감, 공허함, 슬픔, 좌절, 외로움 등이 보였습니다.

당신이 상처와 허기를 극복해 내는 기간이 너무 길어서 마음이 아팠습니다.

그 긴 세월 동안 온전히 당신의 몸으로 방어를 하며 그 허기를 극복했다는 것이, 당신의 20대가 엉망이었다며 방황했던 그 시절이 너무 안쓰러웠습니다.

당신의 허기에서 색깔은 다르지만, 나의 허기가 투영되어서 더 슬펐는지 모릅니다.

현실에서는 별 부족함 없이 충분히 행복한 삶인데도 불구하고 때때로 몇십 년이 흘렀지만 내 유년 시절의 허기가 현재의 삶을 지배하고 있다는 것이 싫습니다.

당신의 상처는 아물지 않은 채 아니 절대로 아물지 못하는 깊은 상처로 흐릿해질 뿐이라는 것을 압니다. 당신의 진실한 고백, 강인한 정신력과 총명함으로 상처로 얼룩진 삶을 잘 극복해준 것은 내게 커다란 용기가 되어 주었습니다.

이젠 괜찮아요. 고백했잖아요. 자유로워지기를 바랍니다. 그리고 당신의 곁에는 아낌없이 사랑을 주는 부모님이 계시잖아요. 어느 부분은 충분히 축복받은 삶이라 여겨집니다.

고마워요, 작가님!

용기를 내어 잘 극복하며 살아보렵니다.

우울증에서 벗어나기 위하여 여러 가지 방법을 시도했다. 다양하게 취미활동도 해봤고 심리치료도 받아 보았지만 아무런 소용이 없었다. 그러나 독서를 하면서부터 자연스럽게 우울증의 무게가 가벼워졌다. 책을 통하여 용기를 얻었고 위안을 받았다. 우울증을 극복하는 가장 효과적인 방법은 독서였다. 여전히 힘들지만, 독서로 우울증을 길들이고 있다.

제4장
아버지를 다시 생각해 보다

아버지의 인생이란

초등학생 시절에 살았던 우리 집은 안채가 시멘트로 지어졌고 지붕은 슬레이트로 된 부엌이 달린 방 두 칸으로 된 집이었다. 안채에는 뜰이 있었다. 뒤뜰에는 소박한 장독대가 자리 잡고 있었고 담장 밑에는 해마다 봄이 되면 돌나물이 파릇파릇 올라왔다. 안채 옆에는 흙으로 지어졌고 지붕은 안채와 같은 슬레이트로 된 부엌이 달린 방 두 칸짜리 집이 있었다. 집은 돌담이 낮게 빙 둘려 있었다. 빗장으로 잠그는 큰 대문이 있었고 대문 왼쪽으로는 방 두 칸으로 된 또 다른 사랑채가 있었고 오른쪽으로는 장작을 쌓아두는 문이 없는 창고와 그 옆으로 외양간이 있었다. 대문을 열고 나가 왼쪽으로 걸어가면 바깥 화장실이 하나 더 있었다. 대문 밖은 작은 텃밭이 있어 각종 채소를 재배했다. 텃밭 일부는 비닐하우스를 만들어 놓았고 그 옆으로는 거름을 쌓아두었다. 텃밭 넘어 보이는 곳은 논이 펼쳐지다가 밭이 보이고 푸르른 낮은 산들이

빙 둘러 있었다. 대문을 통해 늘 바라보던 그 풍경이었다.

안채의 뜰에 앉아 열린 대문을 통해 바라다보이는 바깥 풍경은 도화지에 풍경화를 그려놓은 것 같았다. 계절이 바뀔 때마다 풍경이 바뀐다. 대문을 통해 들어오는 풍경이 좋았다.

마당에는 커다란 감나무가 서 있었고 그 옆으로는 화장실이 있었다. 수돗가는 담 밑 가까이에 자리하고 있었고 그 담 밑에는 백합이 해마다 봄이 되면 고개를 내밀었다. 수돗가 옆에는 작은 배나무와 뽕나무가 있었다. 유년 시절의 집은 낡았어도 형태를 제대로 갖춘 집다운 모양을 하고 있었다.

한 해 두 해 여러 해가 지나면서 담이 무너지기 시작했고 대문에 달린 사랑채와 바깥 화장실, 외양간도 무너지기 시작했다. 무너진 곳들이 보기 싫어 정리하니 집은 안채와 흙으로 지은 사랑채 뒤뜰에 쓰러져가는 담장만이 남게 되었다. 대문이 사라졌다. 가지가 많고 잎이 무성했던 감나무도 초라하게 변해 있었다. 뜰에 앉아서 보았던 풍경은 이제 더는 볼 수 없었다. 휑하니 그대로 드러나는 풍경에는 슬픔이 어려 있었다. 그렇게 집은 점점 더 집의 모습을 잃어가고 있었다. 아버지의 삶이 초라하게 변하면서 집도 초라하게 변해가고 있었다. 아버지는 집을 관리하지 않았다. 농사일은 대충, 자식들은 할머니한테 위임한 것이나 다름없는 삶을 살았다.

시내에 나가 술과 함께 하는 인생을 살아가니 엄마도 다 내려놓고 집을 떠나갔다. 엄마가 떠난 이후 아버지는 더 방탕한 생활을 했다. 집을 관리하는 사람은 없었다. 우리들은 너무 어려서 집을 관리 하는 방법을 몰랐고 할머니는 농사일에 여념이 없어 집을 관리할 새가 없었다.

사는 집을 잘 관리하며 그 집에서 자식을 정성스럽게 키우고 농사일에 전념하는 아버지는 전혀 아니었다. 잠을 자고 밥을 지어 먹는 집임에도 관리가 되지 않으니 담이 무너지기 시작해서 대문, 사랑채, 창고, 외양간마저 무너져 잃게 되었다. 구멍이 난 담을 보수 공사해서 더 튼튼하게 세우고 관심을 두고 집을 관리했다면 지금도 대문을 통해 풍경을 볼 수 있었을 텐데 아버지는 자신의 인생도 자식들의 인생도 돌보지 않았다. 억지로 농사일을 했고 자식들은 뒷전이었다. 오로지 당신이 하고 싶은 욕구만을 위해 초점을 맞춰 살았다. 아버지인데 느끼는 것이 없었을까? 이해할 수가 없었다. 집에 머무르는 아버지는 몸만 머물렀지 마음은 늘 다른 곳에 가 있었다. 늘 시내에 나갈 기회만을 엿보았던 아버지는 집, 자식, 할머니, 생계가 달린 농사일을 내버려 두었다. 담이 무너진 낡은 집의 모양새가 아버지의 인생과 많이 닮아 있었다.

유년 시절의 기억이다. 이른 새벽부터 아버지는 라디오를 켰다. 뉴스가 흘러나오는 라디오 소리에 잠을 설치곤 했다. 아버지의 라디오는 작은 라디오에 라디오만 한 건전지가 붙어 있었다. 그 라디오를 마당이나 다른 방으로 이동할 때 항상 들고 다녔다. 그 시절에는 그 모습이 참 신기하기만 했다. 아버지는 뉴스와 전통가요를 즐겨 들었다. 뉴스를 즐겨 들어서인지 의외로 정치에 관심이 많았다. 시내에 나갈 때 아버지는 양복바지에 머리를 깨끗하게 단장하고 구두를 신고 나갔다. 시골의 농부였지만 아버지는 의상과 머리 모양에 신경을 많이 썼다.

집 마당은 아버지의 사무실이었다. 외근 나갔다가 돌아오는 사무실과 같은 곳인 마당은 아버지의 모든 농기구가 곳곳에 보관되어 있었다. 장화를 신고 모자를 쓰고 작업복을 입은 채로 수돗가에 앉아서 낫을 열심히 갈았던 모습이 떠올랐다. 마당에서 농사에 필요한 연장을 만지거나 겨울에는 땔나무를 도끼로 자르거나 그 외 또 다른 일을 할 때 모든 일의 준비와 마무리는 사무실과도 같은 마당에서 이루어졌다. 그때의 모습만큼은 든든한 아버지였다.

아버지는 자식을 방치하면서도 자상하고 따스한 면이 있었다. 여름 무더위로 잠을 못 이루고 있으면 밤에 일어나서 부채를 부쳐주곤 했고 겨울에 땔감을 구하러 산에 갔다가 발견한 아기토끼를 보여주려고 집에 데려온 적도 있었다. 고구마를 구워서 주기도 했다. 칭찬을 잘 해줬으며 장난을 치며 잘 웃어주기도 했다. 어떠한 일이 있어도 매는 한 번도 들지 않았다. 그나마 따뜻했던 기억이 있어서 다행이었다.

아버지는 할머니의 음식을 최고의 요리라고 생각했다. 할머니가 만들어준 청국장, 고추 장아찌, 겉절이 김치 등의 음식을 늘 최고라고 말하며 먹었다.

아버지는 식사할 때마다 말했다.

"어머이가 만들어준 음식이 최고여."

아버지의 칭찬에 할머니는 웃으며 말했다.

"그려 많이 먹어."

할머니의 음식을 그토록 좋아했던 아버지를 할머니는 아무리 속을 썩여도 늘 감싸주고 아껴주었다. 자식은 아버지 한 명밖에 없는 것처럼 대했다. 어떨 때는 아버지한테 빚을 진 사람처럼 조심스럽게 대했다. 아버지가 어린 시절부터 가족의 생계를 돕기 위해 마을 집마다 일해주며 살았다고 했다. 할머니는 큰아들을 어린 나이부터 남의 집에서 일을 시킨 것이 평생 가슴 아팠던 것일까. 아버지의 인생을 담보로 가족의 생계를 오랫동안 책임지게 했던 할머니는 늘 아버지가 불쌍하다고 말했다. 돌아가시기 전까지 아버지 걱정만 했다. 그만큼 미안했고 빚을 진 것처럼 떳떳하지 못했던 것이었다. 아버지는 자신의 의지와 상관없이 집안의 가장인 채로 원하지 않는 삶을 고되게 살아냈는지도 모른다. 할머니의 애달파 하던 모습이 선명하게 떠올랐다. 그래서 아버지가 한량처럼 지내면서 온갖 실수를 저질러도 할머니는 감싸주었다.

아버지는 막걸리를 좋아했다. 논, 밭에서 일을 마치고 집에 오면 시원한 막걸리를 벌컥벌컥 들이켰다. 오래전부터 먹기 시작했던 막걸리는 지금은 안타깝게도 밥 대신 먹는 양식이 되었다. 아침에 일어나면 냉장고 문을 열어 막걸리 먼저 들이켠다. 해가 거듭되면서 아버지는 점점 쇠약해졌고 알코올에 더 의존하는 삶을 이어갔다. 시골에 전화를 걸어보면 대부분 취해있었다. 판단력을 잃어버린 채로 아버지 자신도 제어할 수 없는 삶이 되어버렸다.

아버지는 술만 먹으면 하는 말이 있었다.

"다 떠나가 떠나가라고."

말대로 됐다. 엄마도 떠나갔고 동생들도 떠나갔다. 아버지의 인생이 왜 이렇게 되어버렸을까. 어느 한 부분이라도 중심을 잡고 살아줬더라면 덜 속상하고 덜 힘들었을 것이다.

술이 원수

초등학교 가을 운동회가 열렸다. 가을 운동회는 온 마을의 축제였다. 운동장 뒤편 교실 옆에서는 아주머니들이 커다란 솥에 국밥을 끓이는 모습, 운동회 구경하러 온 어른들의 음식 먹는 풍경이 정겨웠다. 잔치 음식처럼 먹거리가 즐비했다.

운동장 하늘에는 만국기가 바람에 펄럭이고 있었다. 유난히 맑았던 하늘에 응원 소리가 울려 퍼졌다. 응원의 열기가 뜨거웠다.

"청군 이겨라 청군 이겨라 빅토리 빅토리 브이 아이 씨 티 오 알 와이."

응원을 이끄는 선배들이 멋있고 대단해 보였다.

전교생이 100명 조금 넘는 작은 시골 학교의 운동회였지만 볼거리가 많았다. 호랑이 교감 선생님의 지도로 연습을 많이 했던 단체 농악공연은 운동회에 참석한 마을 어른들의 볼거리였다. 개인 달리기, 개인 장애물 달리기, 릴레이 달리기 등 달리기 시합이 여러 종류였다. 그중 가장 큰 볼거리는 릴레이 달리기였다. 1학년부터 6학년까지 대표들이 나와 바통을 건네주며 하는 릴레이 달리기는 운동회의 열기를 고조시켰다. 이 릴레이 달리기는 어른도 참여했던 것으로 기억된다. 달리다가 넘어지는 아저씨, 열심히 달리지만 마음과는 다르게 잘 달리지 못하는 아주머니들의 모습도 재미있는 볼거리였다. 운동회의 정점을 찍던 줄다리기는 또 어떤가. 끌려갔다가 다시 끌고 오기를 반복하다가 결정적인 순간에 어느 팀이 이기는 줄다리기를 보는 재미는 이루 말할 수가 없었다. 그렇게 줄다리기를 끝으로 운동회가 막이 내린다.

아버지도 학교에 왔다. 반갑지 않았다. 운동회가 열리는 기쁨보다는 아버지가 또 술에 취할까 봐 걱정되어 운동회에 집중하는 것이 어려웠다. 걱정했던 대로 아버지는 이미 취해 있었다.

아버지한테 불만스럽게 말했다.

"아버지 또 술 먹었어요? 왜 자꾸 술을 그렇게 많이 먹어요."

아버지는 너무 취해서 무슨 말을 하는 것인지도 알지 못했다. 전교생과 선생님들, 온 마을 사람들이 다 쳐다보는 것만 같았다. 창피해서 아버지를 외면하고 싶었다. 달리기를 꼴찌 해도 상관없었다. 응원의 열기와 여러 경기에 도취하여 그 자체만으로도 충분히 기쁜 날이었다. 어쩌다 찾아온 기쁜 날을 아버지가 산산조각을 냈다. 아버지는 이웃에 사는 분의 경운기를 타고 집으로 향하다가 그만 도로 바닥에 떨어져 크게 다쳤다. 그 후로 아버지는 한동안 앓아누워 있어야 했다. 가을 운동회는 언제나 아버지의 취한 모습을 드러내 보이는 수치스러운 날이 되었다.

시내 병실은 창밖으로 들어오는 바람에 먼지가 풀풀 날렸다. 햇살에 날리는 먼지가 뿌옇게 보였다. 아버지가 다리에 깁스하고 침대에 누워있었고 나는 아버지가 누워있는 옆 보조 침대에 앉아 있었다. 마을 어른들이 문병을 왔다. 아버지가 문병 온 마을 어른들과 나누는 대화 소리를 들었다. 들어보니 아버지는 술에 취한 채로 시내 건널목에서 길을 건너다 교통사고를 당했다고 했다. 사고로 다리 뒤쪽 종아리뼈가 부러졌던 것으로 기억된다. 아버지가 병원에 입원해 있는 동안 병간호할 사람이 없었다. 아무것도 할 줄 모르는 초등학생이었던 내가 아버지 옆에 자리만 지키고 있었다. 너무 어려서 아버지한테 뭐라 말하지도 못했다. 그때까지도 아버지가 마시는 술이 얼마나 위험한 것인 줄 몰랐다. 퇴원 후 아버지는 다시 원점으로 돌아갔다. 시내로 자주 나갔던 것으로 기억된다. 아버지가 시내에 일이 있어 나가는 줄만 알았다. 어린 시절에 아무것도 몰랐다가 교통사고로 아버지가 병원에 입원하게 되면서 시내에 나가는 이유를 알게 된 것이다. 시내에 나갈 궁리만 했던 이유가 오로지 술을 먹고 즐기러 나가기 위한 것이었다. 그 이후로 아버지가 다른 사람처럼 보였다. 다른 친구들의 아버지는 농사일에 바빠 밭으로 쉴 새 없이 분주히 움직였다. 내 아버지는 틈만 나면 시내에 나가 흥청망청 술로 시간을 낭비하다니 비교가 되어 속상했다. 아버지는 어른인데 어른스럽지 않은 행동을 하니 어찌해야 할지 몰랐다. 마음속으로만 한숨을 쉬었다. 할머니가 아버지를 꾸짖다가 결국 싸움이 되어 집이 떠나가게 시끄러웠던 적이 얼마나 많았던가. 암흑의 세계로 얼룩진 유년 시절이었다.

　다급하게 전화가 걸려왔다. 시내 큰 병원이라고 했다. 아버지가 뇌출혈로 입원했다고 했다. 오빠와 동생, 나와 남편은 함께 병원으로 향했다. 담당 의사를 만나 보니 아버지는 전날 술 취한 상태로 넘어져서 응급실에 실려 왔다고 했다. 검사 결과 넘어진 충격으로 미세한 뇌출혈이 있다며 경과를 지켜보자고 했다. 아버지가 병원에 입원하면서 자식들한테는 절대로 연락하지 말아달라고 의사 선생님께 부탁했다고 했다. 속에서 천불이 났다. 남편 앞에서 너무 창피해 얼굴이 화끈거렸다.

다행히 며칠이 지나 큰 이상이 없어 퇴원했다.

"아버지, 앞으로 술 먹으면 큰일 난대요. 이젠 그렇게 살면 안 돼요, 제발요. 네?"

"술을 왜 먹어. 이젠 안 먹어."

아버지는 철석같이 대답한다. 뇌에 출혈이 흡수될 때까지 통원치료를 받아야 했다. 일주일에 한 번 병원에 모시고 갔다. 아버지는 술을 먹지 않을 것 같았다. 한 달 정도 술을 먹지 않았다.

아버지는 다시 시내를 찾았다. 이름 모를 식당에서 전화가 걸려왔다. 친정 아버지 같아서 전화해주는 거라고 했다. 왜 아버지를 돌보지 않느냐고 하면서 시내에서의 아버지 일상을 상세하게 알려주었다. 모르는 사람한테서 걸려온 전화에 얼굴이 다시 화끈거렸다. 모르는 사람한테서 왜 이런 말을 들어야 하는지 화가 치밀었다. 그 전화를 받고 시내에서의 아버지 일상을 알게 된 것을 계기로 용돈 주던 것을 끊어버렸다. 돈이 없으면 시내에 덜 나갈까 싶어 용돈을 끊어버린 것이다.

술에 의존하며 살아왔던 아버지의 인생은 여러 번의 교통사고가 나도 아무런 변화가 없었다. 불치병이었다. 알코올 병동에 입원시킨다는 것도 절차가 복잡하고 어려웠다. 무엇보다도 비용부담이 가장 컸다. 부모의 지지도 받지 못하고 살아왔는데 거꾸로 아버지를 위해 이런 돈까지 써야 하나 싶어 괴로웠다. 대부분 알코올 중독 환자는 병동에서 치료하고 나와도 또 입원하고 퇴원을 반복한다고 했다.

아버지는 세상이 얼마나 치열하게 살아내야 살아남는다는 것을 알지 못했다. 치열하게 살아보지를 않았다. 치열하게 살아야 하는 이유를 알지 못했다.

그저 친구들과 경치 좋은 곳을 다니며 당신의 인생만 즐겼다. 가족의 바람막이가 되어야 한다는 생각조차 하지 못한 아버지였다. 부모는 자식을 챙기고 도와주고 싶은 것이 본능 아닌가. 내 부모 같은 부모도 있다는 것에 체념하는 날이 수를 헤아릴 수 없었다. 어려움이 닥칠 때마다 부모를 떠올려 보지만 바람막이는커녕 아무런 도움도 되지 않았기에 차라리 체념하고 마는 것이 편했다.

자식들이 결혼해도, 자식들이 중하게 아프다고 해도 무늬만 아버지일 뿐이었다. 슬픔을 머금고 학교에 다녔으며 취직을 했다. 다시 슬픔을 머금고 결혼을 해서 안간힘을 쓰며 치열하게 살아가고 있다. 유년 시절부터 중년이 되기까지 슬픔이 늘 배경이었다. 술에 절어 사는 아버지의 인생을 언제까지 봐야만 하는지 알 수 없었다. 오빠와 동생, 나는 늘 같은 고민을 나눴지만, 방법이 없었다. 우리들의 인생 곳곳에 아버지의 불안한 삶이 스며들어 있었다. 받아들이고 살아지는 삶이 아니었다. 어디로 튈지 모르는 아버지의 인생에 우리는 늘 불안해했다.

나와 동생보다 먼저 아버지의 술에 절어 사는 인생을 지켜보며 누구보다도 치열하게 살아온 오빠가 참 안쓰러웠다. 부모 대신 동생들의 고통을 들어주던 오빠는 얼마나 힘들었을까. 또 얼마나 슬펐을까. 동생도 결혼해서 오빠와 나처럼 얼마나 치열하게 살아가는지 모른다. 그런 동생은 결혼하여 부모가 되어 아이들에게 사랑을 듬뿍 쏟으면서 살아간다. 부모의 사랑이 뭔지 경험도 못 해 본 동생이 엄마로서 최선을 다하며 살아가고 있는 것이 아닌. 그런 동생이 너무 기특하기도 했지만 안쓰러웠다. 동생도 얼마나 힘들고 슬펐을까. 가슴이 아려왔다. 아버지의 인생을 통째로 삼켜버린 술은 원수 같았다.

아버지의 눈물과 웃음

아버지는 우리들을 바라보며 웃음을 지을 때가 있었다. 그때는 술을 먹지 않았을 때였다. 아버지는 우리가 먹을 때나 놀 때 이따금 얼굴에 웃음이 한가득하였다. 따듯했던 기억 중 하나는 밥을 다 먹고 방에서 쉬고 있었다. 아버지가 갑자기 옆구리를 푹 찔렀다. 깜짝 놀라면 아버지가 크게 웃곤 했다. 다행스럽게도 자식들이 웃음을 주는 존재이기는 했다. 아버지를 떠올리면 생각나는 대부분이 할머니와 함께 있던 모습이었다. 아버지는 할머니를 많이 의지하며 살았다. 마을에서는 아버지한테 효자라고 했다. 할머니는 한평생을 아버지와 함께 살았다.

할머니는 어린 나이에 시집을 왔다고 했다. 시집을 와보니 가난했고 홀시아버지만 있었다고 했다. 할머니는 자신의 이야기 하는 것을 좋아하지 않았다. 시집오고 얼마 후 남매를 낳았다고 했다. 아버지와 아버지의 누나 그렇게 남매에 대한 사랑이 각별했다. 할아버지는 가정을 돌보지 않았다고 했다. 할머니는 생활이 어려워 쌀이 생기면 그 쌀로 떡을 만들어 팔러 다녔다고 했다. 그 떡을 판 돈으로 다시 쌀을 사서 떡을 만들어 팔아 생활했다고 했다. 힘든 시기에 남매는 할머니한테 큰 위로가 되었고 너무 예뻤다고 했다. 특히 고모와 아버지는 할머니가 힘들어 보이면

"엄마 기운 내."

라고 하면서 힘이 되는 말을 자주 해줬다고 했다.

할머니의 말에 의하면 가난했지만, 그때 그 시절 아버지는 할머니의 사랑을 듬뿍 받고 컸다는 것을 알 수 있었다. 아버지밖에 모르는 할머니, 할머니밖에 모르는 아버지, 서로는 없어서는 안 되는 존재처럼 오랜 세월을 함께 했다.

할머니는 아버지와 터울이 크게 지는 자식을 5명 더 낳았다. 동생들이 생기면서 경제가 더 어려워져 언제부터인지는 모르지만, 아버지는 가족을 위해 남의 집 일꾼으로 살았다고 했다. 큰 딸이었던 고모는 시집가서 사고로 먼저 죽었다고 했다. 할머니는 그토록 애지중지하던 딸이 그렇게 된 후 많이 힘들었다고 했다. 또 다른 아들 한 명도 사고로 먼저 죽었다고 했다. 할머니는 자식을 두 명이나 가슴에 묻었다. 그런 할머니의 모습을 지켜봤던 아버지는 할머니와 더 끈끈해진 것으로 짐작된다.

아버지가 결혼한 이후 할머니는 아버지 옆에 있는 엄마를 늘 못 마땅히 여겼다고 했다. 고부갈등이 심해 고향을 떠나 아무리 멀리 분가하여도 아버지는 할머니가 걱정되어 얼마 지나지 않아 고향으로 다시 돌아왔다고 했다.

할머니와 떨어져 사는 동안 아버지는

"넓은 내 집에 가서 어머이하고 같이 살아야 햐."

라고 말했다고 했다.

끝내 엄마는 아버지와 같이 살지 못하고 집을 나가버렸다.

아내가 없는 삶을 오랫동안 살다가 술에 취해 집에 들어오면

"어머이, 내 인생 어머이 때문에 이렇게 됐슈."

라며 할머니한테 원망을 쏟아놓기도 했다.

그럼 할머니는 불같이 화를 내며 서운해했다. 하지만 아버지는 할머니를 이내 의지하며 잘 지냈다. 어쩌면 할머니가 있었기에 아버지는 마음 놓고 술로 인생을 즐겼는지도 모른다.

할머니는 아버지가 아무리 술을 먹어도 농사일을 돌보지 않아도 역정을 내기는 했지만, 음식을 정성스럽게 만들어서 매 끼니를 챙겨주었다.

"애비야, 밥 먹어."

"어머이가 해주는 음식이 최고여."

라고 말하며 아버지는 너털웃음을 지었다.

아버지는 할머니가 만들어주는 어떤 음식이든 최고로 맛있다며 한 그릇 뚝딱 잘 먹었다. 할머니는 그런 아버지를 보면서 흐뭇해했다. 시집와서 가장 힘들었을 때 곁에 있어 준 첫아들은 평생 너무 귀한 아들이었나보다. 할머니는 아버지만의 어머니인 것처럼 보였다. 작은아버지들, 고모는 소외감을 많이 느끼곤 했다.

건강했던 할머니한테 치매가 찾아왔다. 89세 정도 되었을 때였다. 할머니는 갑자기 엉뚱한 말을 했다. 옛날이야기를 영상을 보며 얘기하는 것처럼 막힘없이 말했다. 일상생활이 어려워지자 할머니를 요양원으로 옮겼다. 아버지는 할머니가 있는 요양원으로 매일 찾아갔다. 할머니는 찾아온 아들이 반가워서 손을 꼭 잡고는 놓지 않았다. 아들을 금방 알아봤던 할머니는 점점 기억을 잃어갔다. 아버지는 요양원에 있는 할머니한테

"우리 어머이 불쌍햐. 평생 고생만 했어. 불쌍햐." 라고 말하곤 했다.

할머니는 끝내 요양원에 있다가 상태가 나빠져 병원에 입원한 후 몇 개월 있다가 5월에 돌아가셨다. 그때가 90세였던 것으로 기억된다. 아버지와 할머니의 함께 했던 오랜 세월은 막을 내렸다.

장례식장에서 아버지의 눈물을 보았다. 할머니의 사진을 보며 조용히 눈물을 흘렸다. 빨갛게 충혈된 눈에서 닭똥 같은 눈물이 아닌 촉촉한 눈물이 계속 묻어났다. 아버지의 촉촉한 눈물은 더 가슴이 아팠다. 장례식장으로 할머니를 찾아온 조문객들을 오빠와 나, 동생은 정성스럽게 맞이하며 예를 다했다. 할머니에 대한 우리들의 진심 어린 마음이었다.

염이 끝난 할머니의 마지막 모습은 평온해 보였다. 뽀얀 얼굴에 부드러운 머릿결을 하고 있던 할머니는 잠든 것처럼 보였다. 장례식장에서의 모든 것을 마무리하고 화장터로 이동했다. 5월 푸르른 산을 굽이굽이 올라 꼭대기 화장터에 가면서 눈물이 얼마나 흐르던지 남편도 같이 울었다.

할머니를 화장터로 들여보낼 때가 돼서야 할머니가 돌아가신 것이 실감이 났다. 영원한 이별을 고하며 할머니를 떠나보내야 하는데 그럴 수가 없었다. 아버지의 눈물과 함께 온 가족들의 울음소리가 한동안 화장터를 울렸다. 어렵게 할머니를 화장로로 들여보낸 후 한 줌으로 변해 나온 할머니를 마주 대하고 또 다시 눈물바다가 되었다. 아버지는 그때서야 닭똥 같은 눈물을 쏟아냈다. 아버지가 한 줌의 재로 변한 할머니를 마주하면서 흘렸던 눈물은 할머니를 떠나보내는 이별의 눈물이었다. 아버지의 눈물은 가슴을 더욱더 아프게 했다.

사랑했지만 미워하기도 했던 할머니가 이제 이 세상에 없다고 생각하니 마음이 이상했다. 그 누구보다도 아버지의 마음은 이루 말할 수 없이 슬펐을 것이다.

정신이 맑았을 때까지 아버지만을 걱정했던 할머니는

"나 죽으면 어떡햐, 니 아부지."

이 말을 수도 없이 했다. 아무리 안심시켜도 걱정을 내려놓지 못했다. 오랜 세월을 함께 했던 할머니는 이제 아들의 밥상을 차려줄 수 없었다. 아버지에게 웃음을 안겨주었던 사랑이 가득했던 밥상도 할머니와 함께 영원한 이별을 했다. 한 줌의 재로 변한 할머니를 고향의 산에 있는 집안의 납골당에 안치해 드렸다. 모든 가족은 마지막으로 할머니한테 인사를 했다. 그 이후로 명절 때마다 아버지와 함께 할머니가 있는 납골당에 찾아갔다. 떠나간 할머니는 아무 말이 없었다.

숲 해설가를 닮은 아버지

해마다 여름이 되면 아버지 생일을 챙겨주기 위해 친정에 갔다. 나이가 들어가면서 아버지는 더욱더 자식들을 기다렸다. 내 고향 시골집 그곳은 파란 하늘 아래 큰 감나무가 한그루 서 있다. 감이 풍년이었다. 바둑이는 목줄을 풀어줬더니 신이 나서 온 마당을 뛰어다녔다. 빨랫줄에는 잠자리가 여러 마리 앉아 있다. 언제나 그랬듯이 두 팔 벌려 고향의 맑은 공기를 깊이 들이마셨다. 친정에 가기 전부터 아버지 반찬을 준비했다. 아버지가 혼자 지내니 먹을 음식들을 챙겨가야 했다. 냉장고를 가득 채워놓았다. 아버지가 좋아하는 음식을 만들어 가져가니 든든하다며 잘 먹겠다고 했다. 해마다 아버지의 생일은 아버지가 좋아할 만한 식당으로 갔다. 어느 해 여름 아버지 생일에도 아버지가 대중교통으로 가기 어려운 산 중턱에 자리 잡은 식당으로 향했다. 풍경이 좋은 곳에 자리를 잡았다. 음식 주문과 함께 막걸리도 주문했다.

아버지는 기분이 좋아서 말했다.

"나는 말이여, 이렇게 자식들과 이런 곳에 와서 같이 있는 게 제일이여."

아버지는 풍경이 좋은 곳에서 자식과 함께 보내는 시간이 굉장히 흡족해 보였다. 좋아하는 아버지를 보며 동생이 묻는다.

"아부지 그렇게 좋아요?"

아버지는 대답하며 웃는다.

"그람 좋고 말구지."

주변의 좋은 경치와 막걸리가 있고 자식들까지 옆에 있으니 그 순간이 참 좋았나 보다. 식사하면서 아버지 생일을 축하해줬다. 집으로 돌아오는 길에도 좋은 경치가 있는 도로로 오면서 드라이브를 시켜줬다. 집에 도착하자 동생과 함께 아버지가 입던 옷부터 베갯잇, 이불 등을 빨았다. 냉장고 정리부터 청소에 싱크대, 방 청소까지 정신없이 끝냈다. 그런 후에 마당이나 집 주변에 있는 잡초를 뽑았다.

잡초를 뽑고 있는데 아버지가

"그냥 나둬, 제초제 뿌리면 되는 것을 힘들게 왜 뽑고 그랴."

말하면서 말린다.

"괜찮아요. 그냥 뽑을게요."

대답하며 호미로 흙을 파내며 잡초를 열심히 뽑았다. 집주변의 큰 잡초들과 집안의 큰 잡초들부터 뽑으니 정돈된 것 같았다. 비어있는 집처럼 초라하게 보였던 집이 잡초를 제거하니 달라 보였다. 잠시 커피를 마시면서 쉬었다. 마당에 서 있는 감나무가 눈에 들어왔다. 잎이 무성해진 감나무는 그늘을 만들어 주었다. 마당에서 바라보는 들판과 산의 풍경이 눈에 들어왔다. 논에서는 벼가 바람에 넘실거리고 있었고 풍경이 좋던 산은 붉은색으로 민둥산이었다.

보기가 좋지 않았다.

앞산의 풍경을 보며 얼마나 많은 생각들을 했던가. 봄에는 새로 돋아난 연둣빛 산을 보며 마음을 새롭게 다졌었고 여름에는 나무가 무성했던 산을 바라보며 더위를 식혔다. 가을의 산은 울긋불긋 단풍이 들어 하루하루가 그림을 보는 것만 같았다. 겨울의 산은 눈이 하얗게 쌓여있어 그 풍경에는 기쁨과 슬픔이 배어있었다. 많은 사색에 잠기게 했던 그 산은 이제 어떤 이유에서인지 몰라도 초록빛 옷이 아닌 붉은색 민둥산이 되어 있었다.

커피를 마신 후에 아버지, 애완견 두 마리와 함께 마을 산책을 나섰다. 집 옆인 교회 모퉁이에서부터 인삼밭이 펼쳐져 있었다. 검정 가림막 아래에는 가지런히 심겨 있는 인삼에 꽃이 활짝 피어있었다. 자세히 보니 꽃이 핀 것이 아니라 주황빛으로 씨앗이 맺혀 있었다. 아버지는 외지 사람이 이 마을의 땅을 사서 인삼을 경작하는 것이라고 설명해줬다. 인삼밭을 돌아 나오니 과수원이 펼쳐졌다. 사과나무에는 초록빛 사과가 주렁주렁 열려있었다. 이 과수원도 외지 사람이 땅을 사서 경작하는 것이라고 했다. 고향의 땅이 외지사람들한테 팔리고 있다니 씁쓸했다. 마을은 사람도 풍경도 변화하고 있었다. 길을 걷다 보니 시냇물 가에 분홍 꽃이 만발해 있었다. 꽃이 예뻐서 감탄하고 있었다.

아버지는 감탄하고 있는 나에게 이름을 말해줬다.

"고마리라고 불러."

잘 알아듣지 못해 다시 알려달라고 했더니

"네? 아버지 뭐라고요?"

큰 목소리로 대답을 해줬다.

"고마리, 꽃 이름이 고마리여."

아버지가 꽃 이름도 알고 있다니 그 꽃 이름을 가르쳐 주는 아버지의 모습이 낯설었지만 좋았다. 시냇물 건너편에는 온통 논인데 일부는 습지로 변해 있었다. 그 습지에는 부들이 숲을 이루고 있었다. 이전에 보지 못했던 다른 풍경에 한참 동안 습지를 바라보았다. 집 마당에서 바라봤던 붉은색 민둥산 모양을 하고 있던 산이 가까이 보였다. 자세히 보니 어린나무들이 심겨 있었다. 나무가 너무 작아 집 마당에서 봤을 때 민둥산처럼 보였다. 아버지는 이 산도 외지 사람이 사서 예전에 있던 나무들을 벌채한 후에 유실수를 심었다고 말해 줬다. 고향의 모습은 언제나 그 모습 그대로 변하지 않을 것 같았는데 이미 많이 변해 있었다. 매미 소리가 울려 퍼졌다.

아버지는 매미 소리를 들으면서 말해줬다.

"소리를 들으니 참매미여."

신기한 듯 대답을 했다.

"어떻게 아세요? 매미 소리를 구분해서 들을 수 있어요?"

아버지가 대답해 준다.

"그람, 소리가 달러."

새로운 아버지의 모습이었다. 나는 그런 아버지의 모습이 신기해서 계속 물어보았다. 아버지의 막힘없는 대답을 듣는 것이 좋았기 때문이었다. 강아지풀이 발에 스쳤다. 이름 모를 또 다른 들풀들이 싱그러워 보였다. 단풍나무에는 씨앗이 맺히기 시작했고 호두나무에도 초록색 열매가 주렁주렁 달려 있었다. 참깨는 줄기마다 하얀 꽃이 가득 피어있었다.

마을을 산책하며 봤던 인삼밭의 인삼, 사과나무에 열려있던 사과, 호두나무에 열려 있던 초록색 열매가 풍요로워 보였다. 논에는 가뭄을 이겨내고 열심히 자라고 있던 벼, 들판에는 하얗게 눈꽃 세상을 만들어 놓은 망초꽃, 시냇가에는 수줍은 듯 만발했던 분홍색의 고마리꽃과 이름 모를 들풀마저도 푸르름이 깊어가고 있었다. 시골의 깊어가는 푸르름이 더위를 식혀주었다.

아버지, 두 바둑이와 함께 산책하면서 여름 향기를 듬뿍 맡았다. 마을을 앞에 두고 먼저 걸어가는 아버지, 두 바둑이의 뒷모습은 그날따라 아름다웠다.

아버지는 술밖에 모른다는 생각만으로 뭘 물어볼 생각도 어떤 기대도 하지 않았었다. 아버지의 새로운 모습을 접하게 되면서 아버지에 대한 생각이 바뀌었다. 인생을 허비하며 살고 있다고 생각했던 아버지의 모습이 아니었다. 아버지도 아버지만의 말 못 할 어떠한 사정이 있었을 거라는 짐작을 해봤다. 그저 원망스러웠던 아버지, 지긋지긋했던 아버지의 인생에 대하여 진지하게 들여다보려고 하지 않았었다.

문득 아버지는 겨울이면 볏짚으로 멍석과 산태미도 잘 만들었던 기억이 났다. 아버지도 환경이 뒷받침되었다면 지금과는 다른 인생을 살았을 것이다. 아버지의 다른 모습을 보면서 아버지를 원망하고 미워했던 지난날들이 후회스러웠다. 이제는 힘들더라도 있는 그대로 아버지를 이해해 보기로 했다.

밀짚모자를 쓴 아버지가 마을의 풍경, 마을이 변화하게 된 이유, 들꽃 이름, 곤충 이름까지 설명해주는 모습은 숲 해설가를 닮아 있었다.

아버지를 위해 검색창을 열다

할머니가 돌아가셨다. 홀로 남은 아버지가 걱정되었다. 다행히도 아버지는 할머니가 없는데도 잘 적응하며 지냈다. 할머니가 돌아가시니 농사일을 줄일 수밖에 없었다. 아버지는 벼농사, 들깨, 검정콩 농사만 짓기로 했다. 아버지는 혼자서도 농사짓는 데 어려움이 없는 품종이라고 생각하여 감당할 수 있는 만큼만 지었다. 특히 벼농사에 정성을 쏟았다. 벼농사 짓는 것을 제일 좋아했다. 아버지가 걱정되어 고향에 갔다.

아버지는 오빠와 나, 동생한테 논에 가보자고 말했다.

"논에 가봐 같이, 논에 가보자고."

"논에는 왜요?"

"논농사가 잘 됐어. 같이 가봐."

벼농사가 잘 되고 있다고 말하며 자신 있는 모습으로 우리를 논으로 안내했다. 논에는 초록빛 짙은 벼가 잘 정돈되어 있었다.

논을 바라보던 오빠가 활짝 웃으면서 말했다.

"아부지 벼농사 잘 지으셨네요."

아버지는 좋아하면서 이런저런 설명을 했다. 피가 한 포기도 보이지 않은 논은 아버지가 얼마나 정성을 쏟았는지 알 수 있었다. 지금까지 본 논농사 중에 정돈이 제일 잘된 논의 모습을 갖추고 있었다. 논에 담겨있는 물도 적당했고 풀을 깎아놓은 논두렁은 깔끔했고 네모진 논에는 피가 한 포기도 없는 싱그러운 벼가 바람에 흔들리고 있었다. 아버지는 할머니의 빈자리를 논농사에 집중하며 견디는 것 같기도 했다. 마음이 아프기도 했지만, 한편으로는 다행이었다.

농사일을 줄이니 신경을 더 쓸 수 있었고 가을에 추수하면 다른 해보다 수확량이 더 많았다. 이 농사로는 생계를 유지할 수 없었다. 한 달에 한 번씩 용돈을 보냈고 그 외에 더 필요한 것이 있다고 하면 따로 더 보냈다. 할머니가 돌아가시고 몇 년 동안은 그렇게 아버지는 생활을 이어나갔다. 너무 잘 지내서 다행스럽게 여겼다. 어느 날부터인가 시간이 지나갈수록 아버지는 용돈을 더 많이 필요로 했다. 오빠, 동생한테도 똑같이 용돈을 달라고 하여 받아쓴다는 것을 알게 되었다. 아버지한테 전화를 걸어 물어보니 이것저것 돈 들어갈 곳이 많다고 했다. 혼자 지내는 아버지가 안쓰러워 아버지한테 필요한 것들을 더 물어본 후 사서 택배로 보내거나 돈을 더 보냈다.

아버지한테 매일 시내에 나가는 이유를 물었다. 집에 있기가 골치가 아파 시내에 나가게 된다고 했다. 이야기를 듣고 보니 외로움을 이기지 못해 시내에 나가는 것 같았다. 마음이 아팠지만 그래도 자제하라고 말했다. 돈이 없으면 시내에 덜 나가게 될까 싶어 용돈 주는 것을 줄이거나 중단하기를 반복했다. 전화를 걸어서 당부한 뒤로는 시골집에서 식사를 손수 잘해 먹었고 건강하게 잘 지냈다. 시일이 한참 지나면 또 시내에 나갔다. 이런 일이 반복되면서 아버지가 그 생활에서 벗어나지 못하리라는 것을 알았다. 왜냐하면, 나이가 들어감에 따라 아버지는 판단력이 흐려졌기 때문이었다. 절제력도 없어서 시내에 나가는 것을 조절하지 못했다. 어쩌다 한 번씩 시내에 나가서 심심함을 달래고 와야 하는데 언제부터인가 일주일 중에 5일은 시내에 나갔다.

아버지한테 집에 있으면서 집을 관리하며 지내보라고 말을 해도 소용이 없었다. 어떤 말을 해봐도 아버지는 귀 기울여 듣지를 않았다. 더는 신경 쓰고 싶지 않아서 1년 정도 연락을 끊고 지냈다. 결혼 후 나도 나의 가정생활에 집중해야 하는데 아버지한테 신경을 많이 써야 한다는 것이 버거웠다. 아버지와 연락을 끊는다고 해서 아버지의 생활이 변할 거라는 기대는 하지 않았다. 안 보고 지내면 마음이 편할 것 같았다. 그러나 단절하는 시간이 길어질수록 마음이 불편했고 죄책감마저 들기 시작했다. 아버지인데 자식인 나마저 외면하고 있으니 너무 힘들었다.

아버지한테 전화를 걸었다.

"아버지 전데요."

"어, 그래. 아부지가 미워서 연락도 안했어?"

"네, 그래서 그랬어요."

"아부지가 미안햐."

"뭐 필요한 거 없으세요."

"겉에 입을 옷이 마땅치 않어."

"네, 알았어요. 사서 보낼게요. 잘 지내세요."

부드럽게 통화하는 것이 어려웠다.

아버지가 겨울에 입을만한 겉옷과 내복을 사서 보내줬다. 아버지와 연락을 끊으면 좀 달라질 거라는 기대를 했었다. 아버지 자신의 인생을 돌아보며 마음으로 무엇인가 느껴보기를 간절히 기대했었다.

아버지는 말로만 미안하다고 말하곤 했다.

"아버지가 돼서 자식들한테 아무것도 해준 것도 없고 미안햐."

마음으로는 그런 생각을 하며 지냈을지라도 몸은 언제나 시내를 향했고 술을 찾았다. 아버지로부터 물질적인 것을 원하는 것이 아니었다. 아버지의 흔들리지 않는 아주 작은 모습이라도 보고 싶었다. 집을 관리하면서 논 몇 마지기라도 농사를 지어가며 아버지 자신만이라도 돌볼 줄 아는 최소한의 삶을 살아주기를 원했다. 집은 관리를 하지 않아서 사람이 사는 집 같지도 않게 변했고 그나마 농사짓는 일도 모두 손을 놓아버렸다. 할머니 없이 뭔가를 꾸준히 해나간다는 것이 힘들었는지 농사도 짓지 않았다. 소일거리로 작게나마 농사를 지으며 생활하면 몸과 마음 건강에도 좋았을 텐데 이제는 시내로 나가는 것이 일상이 되어버렸다.

아버지는 아버지의 인생이 뜻대로 살아지지를 않았다. 언제부터 어떠한 이유로 인생의 일부를 놓아버린 건지 짐작할 수는 없었다. 아버지 자신도 수치감이 뭔지도 모른 채 제어가 되지 않는 생활을 살아온 것이었다. 오빠와 나, 동생은 아버지를 바라보며 오랫동안 고통을 겪었다. 아버지의 절제하지 못하는 삶을 병원의 힘을 빌려 해결해야 하는지에 대한 고민도 많이 났다. 그러나 술을 먹지 않았을 때의 아버지는 식사도 잘하고 매우 건강했기 때문에 더 기다려보기로 했다. 우리는 돌아가면서 아버지한테 더 자주 방문하기로 했다.

그전보다 더 많이 인터넷 검색창을 열게 되었다. 아버지한테 그때그때 필요한 생활용품, 의류, 식품 등을 검색하여 사서 택배로 보냈다. 아버지는 택배로 받은 쌀과 식료품으로 맛있게 잘 먹고 있다며 좋아했다. 아버지는 냉정하게 변한 큰딸이 뭐라도 보내주니 다행스럽게 여겼던 것 같다.

아무리 힘들게 했어도 따뜻한 사랑을 알게 해준 소중한 나의 하나밖에 없는 아버지라는 사실은 변함이 없었다. 아버지가 마음의 고통이 없기만을 그래서 술이 없어도 견딜만한 일상생활이 되기만을 간절히 바랄 뿐이었다. 어쩌면 언제나 내 딸이 최고라며 지지해주고 알아줬던 아버지 덕분에 행복한 가정을 꾸리며 살고 있는지 모른다고 생각했다. 아버지가 미웠던 것이 아니라 술에 의지해 사는 아버지의 흐트러졌던 삶이 미웠다. 희망을 품고 아버지가 우리들의 마음을 알아주는 날이 오기만을 간절히 기다릴 것이다.

제5장
지금의 내 삶은 기적

교회 종이 울린다

 내 고향 아랫마을 끝에는 작은 교회가 있다. 교회 옆에 사택이 자리 잡고 있고 사택 옆은 우리 집이 있다. 초등학교에 들어가기 전 교회에 대한 기억은 어린이 예배 시간에 맛있는 간식을 먹으러 갔던 기억밖에 없다. 사택 옆에 살아서 교회에 드나드는 사람들을 자연스럽게 볼 수 있었다. 초등학생이 되고 2학년 때이다. 비어있던 작은 교회에 새로운 목사님 부부가 담임목사로 왔다. 외국인처럼 이목구비가 시원시원하게 생겼다. 사모님이 놀러 오라고 해서 가봤다. 목사님 부부는 세련된 외모에 기품이 넘쳤고 집안의 가구와 그릇도 신기해 보였다.

 담장 너머로 사모님이 웃으면서 말했다.

 "놀러 와."

 수줍게 대답하며 놀러 갔다. 놀러 가면 먹어보지 못했던 과자와 음료를 줬다. 귓병이 심했는데 목사님이 그 일을 알게 된 이후로 기도를 많이 해줬다. 가끔 사택에 놀러 가서 기도도 받고 간식도 얻어먹곤 했다. 목사님 부부한테 딸이 있었는데 그 딸도 외모가 외국인처럼 커다란 눈에 곱슬머리였다. 그렇게 예쁜 아이는 처음 보았다. 목사님은 사택 바깥쪽 마당을 전부 토끼농장으로 만들어 운영하기 시작했다. 초등학교에서 견학을 오기도 했다. 농장은 아마도 생계를 위해 운영했던 것으로 기억된다. 토끼농장을 운영하던 목사님 부부가 떠나기 전에 우리 집은 큰 변화가 있었다. 엄마가 홀연히 집을 나갔다. 초등학교 3학년 때의 일이다. 귀가 많이 아팠던 나를 목사님한테 기도해달라고 부탁했던 엄마가 갑자기 사라진 것이다. 우리 집 분위기는 엉망이 되기 시작했다. 몇 년이 흘러 엄마 없이 사는 것에 적응할 무렵 목사님 부부는 다른 교회로 떠났다.

서울에서 살던 새로운 젊은 목사님 부부가 부임해왔다. 목소리가 멋있고 에너지 넘치는 목사님과 친절하고 인자해 보이는 사모님은 시골 사람들과는 아주 달랐다. 목사님은 언제나 에너지가 넘쳤고 노래를 기교 있게 참 잘했다. 말을 할 때 표현력이 풍부했다. 반면에 사모님은 늘 웃고 있었고 인자했다.

어느 날 담장 너머로 사모님이 부른다.

"참깨 볶을 줄 알아? 좀 도와줄래?"

"네."

수줍게 대답하며 담장을 넘어 사모님한테 갔다. 참깨를 직접 볶으며 설명해줬다. 참깨를 몇 알 집어서 손으로 문질렀을 때 으깨지면 다 볶아진 거라고 말했다.

사모님은

"그런 것까지 어떻게 알아?"

라고 말하면서 물어봤다.

초등학생이 설명하고 있는 모습을 신기해했다. 나중에 알게 되었는데 사모님은 친근해지기 위해 말을 걸어준 것이었다. 사택에 가면 우리 집과 다르게 따뜻하고 온화한 느낌이 좋았다. 마치 엄마의 품 같은 느낌이었다. 그 느낌이 좋아 자주 놀러 갔다.

교회 종이 울린다. 어느새 교회는 다른 마을 학생들까지 모여들었다. 중고등학생들이 대부분이었다. 교회가 아니라 학교인 것 같았다. 목사님은 성탄절을 위해 연극을 제안했다. 연극을 지휘했던 목사님은 각자 맡은 역할을 직접 시범하며 지도해줬다. 연습하는 것만으로도 즐거웠다. 잔잔한 마을에 조용했던 교회는 드나드는 학생들로 북적였고 그 학생들은 사택에서 많은 시간을 보냈다. 서울에서 내려온 목사님의 세련된 설교와 노래는 교인과 학생들의 마음을 사로잡았다. 처음 접해보는 연극을 하면서 학생들은 교회에 친숙해졌다. 교회에서의 활동과 사택에서 밥을 먹으며 나눴던 많은 시간은 학생들의 생활에 활력을 불어넣었다. 여름이 되면 멀리 기도원에서 열리는 캠프에도 목사님과 함께 많은 학생이 참석했던 기억이 났다.

오빠도 버티다가 목사님의 전도로 교회에 나가게 되면서 방황을 멈추게 되었다. 교회에는 오빠의 친한 친구들도 여러 명 같이 다녔다. 새로 온 목사님의 영향력은 대단했다. 오빠와 오빠 친구들은 신학대학교에 들어갔다. 오빠 친구 몇 명은 목사가 되어 지금도 활동을 이어가고 있다. 시골 작은 교회에 서울 도시로부터 부임해 온 목사님은 마을을 넘어 인근 지역에까지 많은 학생에게 긍정적인 영향을 끼쳤던 대단한 사람이라고 여겼다.

시간이 흐르면서 나도 모르게 사모님께 의지하며 지냈고 정이 들기 시작했다. 고민을 말하지는 않았지만, 사모님의 환한 웃음과 따뜻함이 좋아서 같이 있는 것을 좋아했다. 도덕적으로 여자가 지켜야 할 것들을 알려주셨던 것으로 기억된다. 정신적으로 의지가 되었다. 집에 일이 바쁠 때는 시간이 없어 교회에 가기 어려웠다. 할머니한테 교회에 가고 싶다고 고집을 피우니 예배 시간은 허락해줬다. 주말에는 교회에 있거나 사택에 자주 놀러 갔다. 교회에는 주말에 언니들이 많아서 재미있었다. 사모님과 교회에 오는 언니들이 기쁨을 주는 대상이었다. 언니들은 교회에 행사가 있을 때 꾸미기 담당이었다. 손재주가 얼마나 좋은지 구경하는 것만으로도 볼거리였다. 교회가 만남의 장이 되었다. 종교 생활이기 이전에 동아리 활동을 하는 것 같았다. 중학생이 되었다. 얼마 지나지 않아 정들었던 목사님 부부는 다른 교회로 떠났다. 마음이 걷잡을 수 없을 정도로 허전했다. 엄마의 품 같던 따뜻하고 온화했던 사모님이 있는 사택은 이제 존재하지 않았다. 새로운 목사님 부부가 왔다. 이전처럼 교회 가는 것에 흥미를 잃어버렸다.

세월이 흐르고 흘러 결혼 후 아이를 낳은 후 친정에 갔다.

할머니는 신기해하며 말해줬다.

"교회에 그전에 있던 목사가 다시 왔어."

궁금해서 물어봤다.

"어떤 목사님이요?"

설명을 듣다 보니 내가 그토록 의지하고 따랐던 목사님 부부가 다시 왔다는 것이다.

너무 기뻐서 사택에 바로 인사를 하러 갔다.

"안녕하셨어요? 어떻게 다시 오시게 되었어요?"

반가운 마음에 이것저것 물어보았다.

"여기가 좋아서 다시 오게 됐어."

환하게 웃으면서 사모님이 대답해줬다.

젊었을 때의 에너지가 있던 모습은 아니었지만 멋있는 목소리를 여전히 간직하고 있던 목사님, 환한 웃음을 머금고 있던 친절한 사모님의 모습은 변함이 없었다. 친정에 가는 것이 힘들었었는데 사모님이 다시 온 뒤로 친정에 가는 것이 기뺐다. 친정에 가면 유년 시절 엄마가 없던 빈자리를 채워줬던 사모님이 있기에 발걸음이 가벼웠다. 친정에 갈 때마다 목사님 집에 뭐라도 사서 꼭 가져다주면서 인사를 했고 사택에 한참을 머물렀다. 마음에 단비가 내린 것 같았다. 교회 종이 다시 울린다.

이불 한 채 사줄게

　중학생이 되면서 학교가 멀어 버스를 타고 다녀야 했다. 이른 아침 첫차를 타야 중학교에 도착해 수업할 수 있었다. 버스 기사 아저씨 인상이 참 좋았다. 버스에 오르는 학생들한테 늘 상냥하게 인사를 해줬다. 어느 지역에서 늘 타던 학생이 혹시라도 안타면 물어보고 짧은 시간이라도 좀 더 기다려 주기도 했던 고마운 아저씨였다. 버스를 타고 학교에 다니는 동안 웃기고도 슬픈 일이 많았다.

　매일 이른 아침이면 피곤한 몸으로 버스에 올라탔다. 버스를 타고 꼬부랑길을 한참 지나가야 중학교에 도착했다. 첫차를 타고 등교했고 막차를 타고 하교했다. 중학교에 다니는 것이 고단했다. 이른 아침에 나가서 저녁이 되어서야 집에 돌아올 수밖에 없으니 피곤함의 연속이었다. 하루에 버스 다니는 횟수가 정해져 있었다. 학교에서 수업을 마치고 나오면 마지막으로 떠나는 버스를 기다려야 했다. 기다리는 시간이 길었기 때문에 배가 고프기도 했다. 친구들이 간식 사 먹는 모습을 지켜보는 날이 많았다. 지켜보다가 간식이 너무 먹고 싶어서 차비의 일부로 사 먹기도 했다. 그러고 난 후 차비가 부족해서 마음고생 한 적이 있었다. 버스를 타고 다니다가 차비가 떨어졌다. 이른 아침부터 할머니는 이웃집으로 돈을 빌리러 다녔다. 당장 쓸 차비가 없어 이집 저집 아쉬운 소리를 하고 다녔다. 차비로 간식을 사 먹었던 일은 속상했던 기억으로 남아 있다.

어느 날 버스를 기다리다가 막차 시간이 다가와 버스를 탔다. 버스에 아버지가 잔뜩 취해서 타고 있었다. 버스는 금세 만원이 되었다. 아버지는 술 냄새를 솔솔 풍기며 혼잣말을 했다. 집에 가는 시간까지 얼어붙은 것처럼 꼼짝할 수가 없었다. 자주 겪었던 일이었다. 아버지가 버스에 잔뜩 취해서 타고 있을 때마다 너무 수치스러웠다.

할머니가 학교 끝나고 올 때 비닐 두루마리를 사 오라며 심부름을 시켰다. 길이가 긴 비닐 두루마리 두 개를 사서 버스에 오르면 미안하고 부끄러웠다. 만원 버스에 비닐 두루마리를 실으면 좁아지기 때문에 다른 학생들한테 불편을 끼쳐야 했다. 버스를 타고 가다가 중간쯤에 학생들이 내리면 버스 안이 비기 시작한다. 그러면 비닐 두루마리는 버스가 꼬부랑길을 달릴 때마다 이리 구르고 저리 구르고 해서 꼭 잡고 있어도 무겁고 크기가 커서 다시 구르고 굴러 애를 먹은 적이 있다. 많이 창피했지만 웃음이 나는 일이기도 했다.

집에는 간식거리가 늘 마땅치 않았다. 가끔 먹게 되는 최고의 간식은 검정콩이 들어간 백설기 떡이었다. 할머니는 쌀 몇 되와 콩을 싸주며 학교 근처 떡방앗간에 맡겨 놨다가 집에 올 때 찾아오라고 했다. 따끈따끈한 떡 상자를 안고 버스에 타면 곧 떡을 먹을 수 있다는 기대감에 얼른 집에 가고 싶었다. 푹

신풀신하고 쫀득쫀득하기도 했던 백설기 떡은 언제 먹어도 맛있었다. 그 떡을 갖고 버스에서 내릴 때는 마을 사람 눈을 피해서 집에까지 가져가야 했다. 가난한 집에서 떡까지 해 먹는다고 마을 사람들이 흉본다며 할머니는 떡을 안 보이게 잘 가져오라고 했다. 우리에게 가난은 떳떳하지 못한 것이었다. 소박한 떡조차도 편히 먹지 못하다니 마음이 편치 않았다.

중학생이 되면서 입을 옷이 마땅치 않았다. 할머니한테 졸라서 받은 약간의 돈으로 동생과 함께 시장에 가서 가장 저렴한 옷을 사 왔다. 그 옷을 마을에 재봉질 잘하는 분께 부탁해서 수선해주면 입고 다니곤 했다. 교회 사모님이 가끔 옷을 주기도 했다. 가난은 왜 이리도 불편한 것이 많을까. 학교에 다니면서 학교생활에만 집중하고 싶었다. 집에 가면 집안일, 밭일을 신경 써야 했고 학교 다닐 때는 차비, 입을 옷을 걱정해야 한다는 것이 버거웠다. 걱정이 너무 많아 멍한 상태로 학교에 다녔다.

불현듯 엄마가 보고 싶었다. 담임 선생님한테 솔직하게 말하고 조퇴한 뒤 무작정 엄마를 찾아 나섰다. 할머니, 아버지한테는 말하지 않았다. 집에서 한 시간 남짓 버스를 나고 나가면 시내에 이모들이 살고 있었다. 이모한테 무작정 찾아가 엄마의 소식을 물었다. 엄마가 전화 통화하는 것조차 원치 않았는지 목소리도 들을 수 없었다. 가난한 것도 힘들었지만 엄마가 없다는 것이 불편했다. 엄마와 연락이 닿아 아무런 말이라고 하고 나면 괜찮을 것 같았다. 오랜만에 만난 이모조차도 아무런 도움이 되지 않았다. 실망스러운 마음으로 집에 돌아와야만 했다.

중학교에 버스를 타고 다녔던 3년 동안은 시야가 넓어지면서 방황이 시작되었던 시기이기도 했다. 할머니, 아버지 말에 늘 순종하던 나는 가끔 반항하기도 했다.

속이 많이 상한 날에

"이렇게 힘들게 키울 거면 왜 낳았어요? 왜 낳았냐고요. 아버지 어서 말해보세요."

라고 말하며 큰소리로 온 힘을 다하여 바락바락 대들었다.

할머니, 아버지는 화를 내지 않았다. 그저 쓴웃음만 지을 뿐이었다. 엄마가 집을 나간 뒤로 시키는 일은 군소리 없이 했다. 그러다 중학생이 되어 학교에 다니다 억울한 생각이 들었다. 가난한 것도 서러웠고 집에 가면 해야 할 일이 너무 많아서 더 서러웠다. 방황하다 보니 어느새 고등학교에 들어갈 때가 다가왔다.

중학교 3학년이 되니 진로를 정해야 했다. 고등학교를 선택해야 했다. 담임 선생님한테 상업고등학교에 가겠다고 했더니 인문계열로 가라고 설득했다. 어려운 가정형편 때문에 어쩔 수 없다고 말하니 나중에 후회할 거라고 했다. 끝까지 인문계열로 가라고 설득했다. 그렇게 말해준 담임 선생님이 참 고마웠다. 상업고등학교에 가기로 마음을 먹었다. 할머니, 아버지한테 가게 될 고등학교에 대하여 설명했다.

듣고 있던 할머니가 말했다.

"야간 고등핵교가 있디야. 낮에는 일하고 그러는 데가 있디야."

"네, 할머니? 그건 어떻게 아셨어요?"

"이웃에 사는 이가 가르쳐 주던데."

"싫어요, 안 가요."

"이불 한 채 사줄게. 야간 고등핵교에 가면 안 돼?"

"싫다니까요. 절대로 안 갈 거라고요."

화를 버럭 냈다.

너무 속상했다. 할머니의 부탁은 상상도 못 했던 일이었다. 울면서 끝까지 고집을 부렸다. 오빠는 대학생이 되어 집에 없었다. 오빠가 집에 있었다면 도와줬을 텐데 아쉬웠다. 결국은 내가 원하는 주간 고등학교에 가게 되었다. 농어가 자녀라 학자금을 지원받을 수 있어 학비가 얼마 들지 않았다. 하지만 우리 집 형편으로는 이마저도 부담스러웠기 때문에 할머니는 걱정을 많이 했다. 생각해보니 당장 학교에 갈 차비가 없어 전전긍긍한 날이 얼마나 많았던가. 그러니 인문계열 고등학교에 들어간다는 것은 꿈같은 일이었다.

고등학교는 집에서 거리가 멀어 자취생활을 해야 했다. 가장 마음에 걸렸던 것은 동생을 두고 고등학교에 들어가는 것이었다. 내가 힘들게 중학교에 다녔듯이 동생도 힘들게 학교생활과 집안일을 병행할 텐데 걱정이었다. 방황하다가 정신없이 고등학교 갈 준비를 하느라 동생의 입장을 살필 겨를이 없었다.

동생한테 당부하듯이 말했다.

"너도 고등학교는 언니가 다니는 학교로 와. 같이 자취하면 좋잖아."

동생은 정확한 대답도 없이 얼버무렸다.

드디어 방황했던 중학교 생활을 끝내고 할머니, 아버지, 동생을 떠나 고등학교 생활을 시작했다. 집을 떠난다는 것이 안쓰러운 동생을 남기고 와야 해서 마음이 아프기도 했지만, 한편으로는 홀가분하기도 했다.

두메산골 너머 다른 세상

교회 사택을 드나들며 이전에 알지 못했던 노래, 연극을 접하게 되었다. 학생부 시간을 통해 목사님이 부르던 새로운 노래는 노래에 대한 다양성을 알게 해줬다. 성탄절을 위해 연극을 연습하고 직접 공연하면서 예술에 관심이 생겼다. 새로운 노래, 연극이라는 예술은 마음을 녹이는 뭔가가 있었다. 목사님, 사모님과 자주 대화를 나누기도 했다. 살아가는 데 필요한 도덕과 예의범절을 일깨워주기도 했다. 교회에서 목사님의 설교는 종교를 넘어 세상 돌아가는 이야기, 철학적인 이야기 등 다양한 이야기를 담고 있었다. 대화와 설교를 통해 의식이 깨이기 시작했다. 교회에서 가는 캠프에 참여했다가 서울 대도시를 보았던 기억이 있다. 교회에 새로 부임한 젊은 목사님 부부를 통해 더 큰 도시 더 큰 세상이 있다는 것을 알게 되었다.

고등학교에 진학하면서 시골집을 떠나 자취생활을 시작하였다. 떨리는 마음으로 시작한 자취생활은 생각보다 편했다. 무엇보다도 늘 해왔던 집안일을 하지 않으니 육체적으로 고단하지 않았다. 또한, 간섭하는 사람이 없다는 것이 편했다. 교복을 입고 학교에 다닌다는 것이 신기했다. 새로운 친구들을 사귀고 마음이 맞아 큰 교회에 친구를 따라 같이 다니기도 했다. 자신의 삶을 책임지며 사는 자취생활, 나름의 규칙을 정하고 도덕적으로 살아갈 수 있었던 원동력은 신앙심이었다.

자취생활에 적응할 무렵 생각지도 못한 고민이 시작되었다. 자취하는 방에 느닷없이 술 취한 아버지가 찾아오는 날이 있었다. 그 일은 내 우울증의 시발점이 되었다. 고등학교 다니는 3년 동안 우울증은 늘 곁에 붙어 있었다. 원하지 않는 기분이 자꾸 내 마음에 들어와 자리 잡았다. 그럴수록 음악을 열심히 들었다. 앞집에 따뜻한 친구가 있어 힘든 시절을 그나마 견딜 수 있었다.

방과 후에 시내 구경을 하러 나갔다. 도심의 쇼핑단지를 구경해볼 기회가 왔다. 지은 지 얼마 되지 않은 새 건물 같았다. 그 쇼핑단지에는 없는 것이 없었다. 의류부터 장신구, 다양한 품목의 가게들이 즐비했고 지하에는 여러 종류의 스낵코너가 많았다. 태어나서 처음 본 광경이었다. 쇼핑단지를 알게 된 이후로 친구들과 가끔 구경하러 갔다. 시내의 다른 곳도 구경하게 되면서 도시의 모습에 눈이 뜨이기 시작했다. 아파트가 눈에 들어왔고 기업들, 은행 건물, 쇼핑단지 등 도시의 화려함, 편리함을 알게 되었다. 시골에 살면서 학교 다니는 일, 집안일, 밭일만 해봤을 뿐 시장 말고는 가족과 함께 어딘가에 가본 기억이 없다.

고등학교 근처의 도심이 거대하게 느껴졌다. 우물 안에 있던 개구리가 더 큰 새로운 세상을 마주하게 된 것이다. 학교에 다니면서 학년이 올라갈수록 더 큰 도시로 갈 거라는 막연한 기대를 했다. 아버지로부터 최대한 멀리 떨어져 있는 도시로 가는 것을 원했다.

학교 수업이 끝나고 하교를 하다 보면 야간 고등학생들이 등교했다. '아, 할머니가 말했던 그 야간 고등학생이네?' 혼잣말로 중얼거렸다. 겁이 많아서 야간고등학교에 진학하는 것을 무조건 거부했었는데 야간 고등학생들을 마주하니 기분이 이상했다. 야간 고등학교에 간다는 것은 집안이 매우 가난하다는 것을 증명하는 것이었다. 그런 타인의 시선이 두려워서 야간고등학교에 간다는 것은 생각조차 하기 싫었다. 낮에는 일해서 돈을 벌고 야간에 공부까지 하다니 용기가 대단해 보였다. 학교에 다니다 보니 야간 고등학교에 갔으면 경제적으로 어렵지는 않았을 것이라는 생각에 잠기기도 했다. 두려운 마음에 거부했던 것이 조금은 후회스러웠다.

교실에서 친구들과 이야기를 나누다 보니 방과 후에 아르바이트한다는 친구들이 있었다. 궁금해서 친구한테 물어보았다.

"아르바이트가 뭐야?"

친구가 설명해줬다.

"매일 일정하게 몇 시간 동안 일을 해서 돈을 버는 일이야."

분식점에서 설거지한다거나 식당에서 음식을 나르는 일을 한다고 했다. 아르바이트하는 대부분의 친구는 성격이 밝고 적극적이었다. 아르바이트도 성격이 뒷받침되어야 할 수 있다고 생각했다. 돈을 벌 수 있다는 이유로 아르바이트하는 친구들이 가끔은 부러웠다.

드디어 나에게도 아르바이트할 기회가 생겼다.

같은 반 친구로부터 아르바이트를 같이해보자는 제안을 받았다.

"같이 아르바이트하지 않을래? 두 명이 필요하다고 해서."

반가운 마음에 바로 수락했다.

"아르바이트라고? 한 번도 안 해 봤는데 해보고 싶었어. 나 해 볼게."

친구는 웃으면서 말한다.

"그래, 같이 해보자."

떨리는 마음으로 대답했다.

"응, 고마워. 나 할 수 있겠지?"

친구는 웃으면서 대답해줬다.

"그럼."

여름방학 시작과 동시에 아르바이트하는 것이었다. 여름방학이 시작되었다. 입시학원의 서무실에서 잡다한 업무를 돕는 일이었다. 새로운 환경에서 새로운 사람들과 마주하며 일을 하니 떨렸다. 학원 선생님들이 잘 대해줘서 업무에 금방 적응 할 수 있었다. 학생들의 교재를 준비해주거나 학생들이 본 시험지를 채점하는 일을 했다. 이 밖에도 다른 일을 하면서 업무에 재미를 느끼게 되었다. 나중에 취직하면 같은 업무는 아니겠지만 일하는 것은 비슷한 분위기일 거라는 생각이 들었다. 미리 예행연습을 하는 것 같았다.

학원에서 일하고 있는데 예쁘게 생긴 긴 머리 여학생이 엄마와 함께 학원으로 들어왔다. 독일로 성악 전공을 위하여 유학을 떠날 예정이라서 독어를 배우러 왔다고 했다. 마침 학원에 독어를 전공한 선생님이 있어서 독어를 배울 수 있게 되었다. 같은 나이였는데 삶의 형태가 너무 달라서 상대적 박탈감을 느꼈다. 고등학생 신분으로 한 푼이라고 벌기 위해 일하고 있는데 저 긴 머리 여학생은 누가 봐도 부잣집 딸처럼 보였다. 그 여학생의 경제력이 너무 높아 쳐다볼 수도 없다는 것을 알았다. 부러워할 수 있는 대상이 아니었다. 한동안 씁쓸한 마음이 떠나지 않았다. 한 달 동안의 좋은 경험과 함께 여름방학도 끝이 났다. 아르바이트해서 번 돈은 월세와 생활비로 사용했다. 내가 벌어서

의미 있게 사용하니 뿌듯했다. 돈을 벌어 보는 새로운 경험은 아무런 의욕 없이 우울하게 살던 내게 빨리 취직하고 싶은 욕구를 불태웠다.

　학교에 다니다가 가끔 집에 가지 않는 주말에는 친구 따라서 교회에 다니기도 했다. 교회에서 특별히 노래 부르는 시간이 있었다. 성악을 전공 중이라고 하는 대학생이 나와 노래를 부르는데 얼마나 멋지게 부르던지 음색과 선율에 매료되었다. 클래식 음악에 관심을 두는 계기가 되었다. 성악, 오케스트라에 관심이 생기면서 도심 어느 가게에서 클래식 음악이 흘러나오면 가만히 서서 듣기도 했다. 클래식 음악이 좋아서 기회가 되면 큰 교회에 꼭 나갔다. 막연하게 이다음에 커서 결혼하게 된다면 노래 잘하는 사람을 만나야겠다는 생각을 품게 되었다. 성악에 매료되어 욕심이 지나친 기도를 했었다. 도시의 큰 교회를 통해 이전에 몰랐던 클래식이라는 문화를 알게 되었고 관심을 두게 되었다.

　시골을 떠나 도시에 있는 고등학교에 들어가니 다른 세상, 더 넓은 세상이었다. 이전에 몰랐던 도시만의 모습들, 도시에서 경험할 수 있는 문화들, 클래식이라는 문화를 알게 되니 시골에서의 삶이 얼마나 답답한 삶이었는지 깨달았다. 시골에 살면서 체험을 했다면 좋았을 텐데 어려웠던 가정형편은 다른 세상, 더 넓은 세상이 있다는 것을 알게 하는 기회를 주지 않았다.

무작정 서울로

고등학교 3학년이 되었다. 상업고등학교는 졸업 전에 취업이 가능했다. 무작정 서울로 가겠다고 마음을 먹고 있었다. 아버지가 술 취해서 올 수 없는 먼 곳으로 가고 싶었다. 다행스럽게도 서울에 작은아버지가 살고 있었다. 서울의 작은 회사에 취직이 되었다. 서울에 올라가니 작은아버지가 첫 직장에 들어간다고 옷과 가방, 구두를 사줬다. 아버지가 해주지 못한 것을 작은아버지가 대신해주다니 감동적이었다. 그뿐만 아니라 지낼 곳이 없어 작은아버지 집에서 더부살이해야 했다. 동대문에 있던 집에 다락방이 있어 그곳에서 더부살이를 시작했다. 더는 만취한 아버지가 불시에 찾아올까 봐 신경 쓰지 않아도 되는 자유로움을 얻었다. 아버지를 멀리 떠나 시작한 삶이 자유롭다니 씁쓸했다.

회사는 집에서 그리 멀지 않았다. 3개월 수습 기간이 있었다. 졸업 전에 취직했기 때문에 졸업식에 다녀와야 했다. 수습 기간이 끝날 무렵에 학교에 돌아가 졸업을 한 후 다시 서울로 올라왔다. 드디어 정식으로 첫 직장생활이 시작되었다. 모든 것이 너무 낯설었다. 낯선 지하철을 타고 출퇴근을 했다. 처음에는 지하철을 타는 방법을 몰라 여러 번 헤매기도 했다. 낯선 서울 풍경에 내가 입은 어색한 정장, 핸드백, 굽이 달린 구두 등 모두가 어색해서 익숙해지는 데 시간이 걸렸다.

무엇보다도 화장하고 다녀야 하는 것이 제일 어려웠다. 한 번도 해본 적이 없어서 화장품 가게에 가서 물어가며 화장을 어설프게 하고 회사에 다녔다. 회사는 잘해주는 선배 직원이 있는가 하면 작은 것으로도 트집 잡는 선배 직원도 있었다. 서서히 직장생활에 적응하기 시작했다. 조금은 속상해도 참아가며 일할 수밖에 없었다.

일 년 정도 다녔을 무렵에 친구로부터 제의가 들어왔다. 친구가 다니는 회사가 종로에 있는데 일자리 하나가 생겼다며 오라고 했다. 고민 끝에 시간을 내어 면접을 보러 갔다. 면접 후 종로에 있는 회사로 다니기로 하고 다니던 회사를 그만두었다. 이직하게 된 이유는 환경적인 조건이 좋았고 급여도 더 많았다. 게다가 집에서 회사가 더 가까워지기도 했다.

새로 취직한 회사는 상사분들이 친절하게 대해줬다. 사무직에 종사하면서 회계와 문서작성을 담당했다. 타부서의 직원들과도 소통이 잘돼 회사 다니는 것이 즐거웠다. 회사 생활에 적응을 빨리했고 곧 익숙해졌다. 같이 일하는 직원들의 인성에 따라 회사도 적응 기간이 다르다는 것을 알게 되었다. 퇴근 후 직원들과 함께 종로 주변과 명동 일대를 둘러보기도 했고 쇼핑을 즐기기도 했다. 때로는 카페에서 차를 마시며 이야기를 즐기기도 했다. 회사생활은 안정을 찾아갔다. 드디어 숨이 쉬어지기 시작했고 조금씩 기운이 생겼다. 늘 지배했던 우울한 감정이 조금씩 사라지니 살 것 같았다.

오빠가 대학교를 졸업하면서 종로에 있는 회사에 취직하게 되었다. 거처를 옮겨 성북구 돈암동에 있는 방 두 칸짜리 옥탑 집을 얻어 오빠와 함께 살 수 있게 되었다. 작은아버지 집에서 더는 신세를 지지 않게 되었다. 아버지 역할을 대신해준 작은 아버지의 배려로 그동안 아무 탈 없이 잘 지낼 수 있었다. 새로 들어간 옥탑 집은 겨울에는 너무 춥고 여름에는 너무 더운 집이었다. 그렇지만 지낼 수 있는 곳이 있다는 것만으로도 다행스럽게 여겼다. 오빠와 같은 종로로 출근과 퇴근을 하는 것이 기뻤다. 늘 의지하던 오빠가 종로에 있는 회사에 취직하다니 믿기지 않았다. 처음에는 회사 점심시간이 되면 오빠 회사 앞에서 기다렸다가 점심을 같이 먹고 회사로 돌아오기도 했다. 두메산골 출신들이 서울의 중심이 되는 종로에서 회사에 다니고 있다니 신기했다.

회사에 다닌 지 3년 정도 되었을 때 기억이다. 종로 거리를 지나가다 한복 의상실 앞에서 멈춰 섰다. 진열장에 전시된 한복을 보고 매료되었다. 한복을 배워 의상실을 하고 싶다는 막연한 꿈을 꾸기 시작했다. 한복에 매료된 그 날 이후로 한복을 배울 수 있는 곳을 계속 알아보았다. 회사에 다니면서 배울 수 있는 곳을 찾았다. 낮에는 회사에 다니며 야간에는 한복을 배우는 직업전문 학교로 매일 한복 만드는 것을 배우러 다녔다. 몸은 피곤하고 힘들었지만, 관심 있는 분야를 배우러 다니니 의욕이 넘쳤다.

한복을 열심히 배우고 있는 가운데 동생의 지인이 남자친구를 소개해 주겠다고 했다. 그 친구는 성악을 전공 중이라고 했다. 말만 들었는데 이상하게 마음이 끌렸다. 전화번호를 알게 되어 통화 먼저 하게 되었다. 노래하는 사람이라서 그런지 목소리가 참 좋았다. 만나지도 않은 목소리만 들었던 이 친구가 어쩌면 운명의 남자 일지로 모른다고 생각하게 되었다. 고등학교 시절 너무

나 갈망했던 노래하는 사람이 아닌가. 이다음에 나의 배우자는 노래 잘하는 사람을 만나고 싶다고 했었는데 성악을 전공하는 사람이라니 운명이라고 생각할 수밖에 없었다. 드디어 남자친구를 처음 만나게 되었다. 생각했던 것과 다르게 어색한 만남을 시작으로 인연이 시작되었다. 남자친구는 의경 생활을 하면서 나는 한복을 배우면서 서로 시간이 될 때 데이트를 하기로 약속했다.

6개월 과정을 끝내고 한복 기능사 자격증 시험을 보았다. 자격증 취득 후에 잘 다니던 회사를 과감하게 그만두게 되었다. 한복 의상실에 취직하기로 했다. 용기가 어디서 났는지 한복을 배우면서 알게 된 친구와 청담동에 있는 여러 한복 의상실을 돌아보았다. 친구도 한복 의상실에 취직하기 위하여 회사를 그만두었다고 했다. 좋아하는 일을 찾아 친구도 나도 도전하고 있었다. 돌아보았던 한복 의상실 중 한 곳에서 우리에게 관심을 보였다. 출근해보라고 했다. 그 한복 의상실은 한복을 제작하는 직원들이 기숙할 수 있는 곳이 마련되어 있었다. 친구와 함께 그 한복 의상실에 취직이 되어 같이 일할 수 있게 된 것이다. 친구와 같이 일할 수 있다는 것이 기뻤다. 첫 출근을 기다리는데 왜 그리도 떨리던지 새로운 일을 시작한다는 것이 걱정되었다. 출근하자마자 친구와 함께 온종일 한복 속치마 만드는 일을 배웠다. 속치마 만드는 일을 일정 기간 배운 후 남자 바지, 저고리, 마고자 만드는 것을 배웠다. 그 과정이 끝나면 여자 치마 만드는 것을 배운다. 그다음은 저고리 만드는 것을 배운다. 저고리 만드는 과정까지 가려면 꽤 많은 시간이 필요했다. 의상실에서 일하는 선배 언니들의 도움으로 즐겁게 일하며 생활할 수 있었다.

의상실에 다니면서 남자친구가 휴가 나오면 데이트를 즐겼다. 남자친구를 알아가는 과정이 즐겁고 신기했다. 남자친구가 추천해주는 음악을 즐겨들었고 음악을 통해 취향을 짐작할 수 있었다. 필요한 것들이 있으면 늘 자상하고 세심하게 챙겨줬다. 남자친구를 만나면 마음이 따뜻해져서 자꾸 보고 싶었다.

남자 바지, 저고리 만드는 것을 한창 배우고 있을 무렵에 거처를 옮겨야 했다. 오빠가 회사를 그만두고 지방으로 가게 되었다. 고민 끝에 먼저 결혼한 동생이 사는 집 근처인 경기도로 거처를 옮겼다. 어느 아파트의 문간방 월세살이를 하게 되었다. 경기도에서 청담동으로 출근하는 것이 고단했다. 결혼 시즌이 되면 일감이 많아 한복을 많이 만들어야 해서 야간작업을 많이 했다. 밤 늦게 일을 끝내고 좌석버스를 타고 집에 오면 잠자기 바빴다.

어느 날 이불속에 따뜻한 밥이 있었다. 동생이 편지와 함께 밥과 반찬을 놓고 갔다. 고마웠고 마음이 뭉클했다. 힘들게 일했던 고단함을 동생이 가끔 따듯한 밥으로 달래주었다. 의상실에 취직해서 받았던 급여는 많지 않았다. 급여는 생활하기에도 빠듯했지만 언젠가는 한복 의상실을 경영하리라는 열망으로 열심히 일을 배웠다. 의상실에 적응하면서 남자친구와 데이트를 즐기며 서울 생활에 젖어 들고 있었다.

결혼하게 되다니

회색빛 정장을 차려입었다. 남자친구 아버지를 처음 보는 날이어서 떨렸다. 남자친구 집 근처 도로변에 아주 작은 카페가 있다. 테이블이 몇 개 없다. 그 작은 카페에 들어서는데 정장을 입은 남자친구 아버지가 먼저 와 있었다. 남자친구 아버지는 남자친구와 분위기가 달랐다. 첫인상이 좋은 남자친구 아버지는 예의를 지키려고 애를 쓰고 있었다. 아들의 여자 친구를 본다고 정장을 차려입어서 송구스러웠다. 첫아들이 처음으로 사귀게 된 여자 친구에 대하여 몹시 궁금했던 모양이었다. 남자친구 아버지는 당신의 아들을 만나게 된 계기와 남자친구의 마음을 어떻게 사로잡았는지 등을 물어봤다. 궁금한 마음이 가득하다는 것을 남자친구 아버지의 표정으로 알 수 있었다. 아직 더 알아가는 중이라고 대답했던 것으로 기억된다. 남자친구는 옆에서 조용히 대화를 듣고만 있었다. 남자친구 아버지는 처음 보는 자리인데도 어떻게 살아왔는지 이야기해 줬다. 이런 이야기를 해주다니 의아스러우면서도 한편으로는 다행스러웠다. 남자친구 아버지는 이야기를 나누면서 나의 인상과 성격을 어느 정도는 짐작할 수 있는 계기가 되었을 것이다. 남자친구 아버지가 어진 성품을 소유한 분이라는 것을 알게 되었다. 아련한 추억이 있는 그 카페는 지금도 그 자리를 지키고 있다. 카페의 주변 풍경은 꽃나무와 꽃이 배경이다. 여전히 소박하고 정감이 넘치는 모습을 간직하고 있다.

남자친구 아버지를 만난 이후로 남자친구에 대하여 더 애정이 생겼다. 의경 복무 중이었던 남자친구와 휴가 나올 때마다 데이트했던 시간은 서로에 대하여 더 알아가는 시간이 되었다. 남자친구는 말을 함부로 하지 않았고 매사에 신중했다. 세심했고 배려심이 많았으며 마음이 따뜻했다. 책임감이 강했고 야무졌다. 글씨를 멋스럽고 깔끔하게 썼다. 올바르고 반듯했다. 만나는 횟수가 늘어나면서 남자친구는 더 믿음직스러웠고 매력이 넘쳤다. 믿음을 갖기 시작하면서 나의 모든 것들을 의논하였다.

남자친구는 집에 인사하러 가자고 했다. 드디어 집으로 인사하러 갔다. 계단을 올라가는데 떨려서 멈춰 섰다. 마음을 가다듬고 들어가니 남자친구 부모님이 기다리고 있었다.

"안녕하세요?"

"응 그려 어서 와."

반갑게 맞아줬다.

안방에 들어가서 무릎을 꿇고 앉았다. 남자친구 아버지는 궁금한 것을 물어봤다.

"부모님은 다 계셔?"

"네, 다 계세요."

대답을 다 한 나는 주춤하다가 솔직하게 말을 했다.

"저, 저의 부모님은 다 계시는데 제가 어렸을 때 헤어지셨어요. 할머니가 대신 키워주셨고요."

순간 남자친구 아버지의 표정이 일그러졌다. 큰아들이 처음으로 사귄다는 여자 친구를 데리고 왔는데 가정환경이 열악하다니 당황해했다.

전혀 예상하지 못했던 상황에 생각에 잠겼던 남자친구 아버지는 실망하는 기색이 역력했다. 시선을 어디에다가 둬야 할지 무슨 말을 더해야 할지 머릿속이 하얗게 변했다. 예측했던 일이었고 당연한 결과였다. 남자친구 어머니가 어쩌지 못하는 나를 위로해 줬다. 처음 만나게 된 어머니도 어진 성품을 소유하고 있었다. 집으로 찾아간 첫인사 이후 마음만은 홀가분했다.

남자친구는 의경복무를 끝내고 복학하기까지 많이 기다려야 했다. 기다리는 동안 아르바이트를 꾸준히 했다. 시간이 흘러 복학할 때가 다가왔다. 그때 나는 한복 의상실에서 일에 파묻혀 야간작업을 매일 하고 있었다. 남자친구는 의상실에서 일하는 것에 탐탁지 않아 했다. 왜냐하면 일하는 시간에 비해 받는 임금이 턱없이 적었기 때문이었다. 몸 고생만 하고 있다고 걱정을 많이 했다. 그러던 중 다른 한복 의상실의 처우가 더 나아 보여서 일자리를 옮겼다. 그전에 다니던 곳보다 집에서 더 멀었다. 옮긴 곳은 예상했던 것보다 일이 더 많아서 야간작업을 많이 해야 했다. 출퇴근하는 것이 힘들어서 일이 끝나면 작업실에서 기숙하며 생활하는 날이 늘어났다. 남자친구의 걱정이 커지면서 갈등이 시작되었다. 열악한 환경의 작업실에서 기숙하는 것을 반대했다. 너무 위험하다는 것이 이유였다. 출퇴근으로 힘든 것보다 열악하더라도 일을 끝내고 작업실에서 기숙하는 것이 훨씬 덜 힘들었다. 몸이 너무 피곤하고 힘들어져서 고집을 피웠다. 갈등이 커지다 보니 남자친구 집에서 모든 상황을 알게 되었다.

　남자친구가 지방에 있는 대학에 복학하기 직전에 부모님한테 부탁하여 나를 남자친구 집으로 데려다 놓았다. 남자친구가 쓰던 방이 비어있어 그 방을 내어줬다. 부담스러웠지만 나의 상황도 열악했고 지방으로 가게 될 남자친구의 걱정을 덜어주고 싶었다. 남자친구는 복학했고 나는 더 멀어진 의상실로 출퇴근을 했다. 남자친구의 집에서 생활하게 되다니 전혀 예상하지 못했던 일이었다. 얼떨결에 들어가게 된 집에 어떠한 용기와 마음을 안고 들어갔는지는 기억이 나지 않았다. 오로지 남자친구의 마음을 편안하게 해주는 것이 우선이었다. 부담감을 안고 남자친구 집에서 생활하게 되었다. 일을 끝내고 오면 방 청소가 되어 있었고 늘 맛있는 간식이 준비되어 있었다. 남자친구 어머니의 따뜻한 배려였다. 월세를 드려도 받지 않았다. 남자 친구의 집에서 생활하면서 부모님의 성품이 훌륭하다는 것을 알게 되었다. 성실하고 부지런하게 살아가면서 성품까지 훌륭했다. 반면에 내 부모님, 내 처지가 비교되어 속상하기도 했다. 한결같은 배려심에 감동할 때가 많았다. 남자친구 어머니는 6개월 동안 나를 지켜보는 계기가 되기도 했다.

　갑자기 남자친구가 결혼이야기를 했다. 아버지가 결혼하는 것이 어떻겠냐고 물어봤다고 했다. 결혼이라니 아무것도 준비가 되지 않았는데 말도 안 되는 일이었다. 결혼은 감히 생각지도 못했다. 암울했던 가정환경에서 자랐기에 결혼이라는 것은 안개 같은 것이었다. 나의 생활이 안정되려면 많은 시간이 필요한데 갑자기 결혼이야기가 나와서 당황스러웠다. 하지만 결혼이야기는 진지하게 거론되었다. 자연스럽게 양가 아버지만 상견례를 끝내고 결혼 날짜를 잡았다. 결혼하게 된다는 것이 어리둥절했다. 남자친구와 결혼을 위해 준비를 시작했다. 남자친구가 학생 신분이었기에 예식장, 웨딩드레스, 예물, 신혼여행은 소박하게 준비를 끝냈다.

첫아들이 결혼한다고 예비 시어머니는 결혼식에 하객들이 먹을 모든 음식을 집에서 만든다고 했다. 친척들이 와서 일손을 거들어줬다. 잔칫집 풍경이 펼쳐졌다. 결혼식에 오는 하객들이 먹을 음식이 풍성하게 준비되었다. 드디어 결혼식 날이었다. 작은 교회에서 결혼식을 했다. 너무 떨렸다. 대기실에서는 사진 촬영이 시작되었다. 할머니, 아버지와 함께 사진을 찍었다. 가장 기쁜 날이면서 가장 슬픈 날이었다. 초라한 한복을 깨끗하게 차려입고 온 할머니한테 감사한 마음이 가득했다. 말은 없었지만, 할머니 표정에서 마음을 읽을 수 있었다.

할머니가 이렇게 말하는 것 같았다.

'잘 살아야 한다, 알았지?'

어느덧 손녀가 자라서 시집을 간다고 했을 때 할머니의 마음은 어땠을까? 할머니를 보면서 울컥했다. 엄마 자리에 대신 앉아있는 할머니가 그날따라 가장 든든했다.

결혼식이 끝나고 축가 시간이었다. 남편의 성악과 친구들이 모두 올라와서 멋진 축가로 축하해줬다. 결혼식이 모두 끝나고 나서야 실감이 났다. 이렇게 부족한데 배우자를 만나 결혼을 하게 되다니 믿을 수가 없었다. 설악산으로 신혼여행을 하고 온 후 남편이 다니는 학교 근처 자취방에서 신혼생활을 시작했다.

엄마가 되다

대구에서 신혼생활을 시작했다. 남편이 자취하던 방은 소박하고 아늑했지만 어색했다. 남자친구가 남편이 되어 같은 집에서 살게 되니 결혼했다는 것이 실감 났다. 얼마 지나지 않아 취업 활동을 했다. 한복 의상실을 몇 군데 알아보았다. 한복 의상실에서 출근해보라는 연락을 받았다. 남편은 학교에 가고 나는 의상실로 출근하기 시작했다. 시부모님은 몇 개월이 지나고 자취방보다 큰 아파트를 전세로 얻어줬다. 아파트로 이사하면서 남편은 아르바이트를 시작했다. 주로 식당에서 일했다. 나는 한복 의상실에 출근하면서 적응하기 바빴다. 다행히도 디자인 선생님과 직원들의 배려로 빨리 적응할 수 있었다.

일하기 시작한 지 6개월 정도 되었을 무렵에 몸 상태가 이상해서 병원에 가보았다. 임신이라고 했다. 산부인과로 가서 초음파 사진을 보며 의사 선생님의 설명을 들을 수 있었다. 내가 임신을 하다니 나의 배 속에 아기가 있다니

경이로웠다. 세상 모든 것이 나를 위해 존재하는 것처럼 느껴졌다. 하늘은 왜 그리도 맑고 예쁘던지 회색빛 도시의 풍경들마저 좋아 보였다. 나에게 와준 새 생명이 너무 소중하게 여겨졌고 남편한테 한없이 고마웠다.

산부인과에 정기적으로 검진을 다녔다. 산모 수첩을 받았다. 정기 검진을 하러 갈 때마다 아기에 대한 정보를 산모 수첩에 기록해줬고 초음파로 아기의 생김새를 보면서 심장 소리를 들었다. 아기가 건강하게 잘 자라고 있다는 이야기를 들으니 기뻤다. 아기가 누구를 닮았는지 궁금했다.

남편은 대학도서관에서 태교를 위해 정기적으로 책을 대여해서 가져다줬다. 남편의 배려에 늘 감동했다. 책에는 임신했을 때 주의할 점, 뱃속에서 아이가 자라는 과정 등이 나와 있었다. 아이를 생각하며 책을 열심히 보았다.

남편은 학교생활과 아르바이트를 병행하면서 가장으로서 가족을 위해 책임을 다했다. 모든 면에서 자상하게 배려해줬다. 산부인과 정기 검진도 언제나 같이 가서 아이가 건강하게 자라는 기쁨을 나눴고 먹고 싶은 것이 있다고 하면 언제나 잘 챙겨줬다. 학생으로서 가정을 갖고 살아간다는 것이 힘들었을 텐데 아무런 내색도 하지 않았다. 그런 남편이 고마웠고 안쓰럽기도 했다.

임신 후 7개월이 되었을 때 작업하기가 어려워 한복 의상실을 그만뒀다. 태교에 신경 쓰면서 출산에 필요한 용품을 준비했다. 유모차, 이불, 옷, 신발, 젖병 등 아기에게 필요한 것들을 사서 세탁해 놓고 소독해 놓았다. 남편과 함께 아기용품을 고르고 사면서 행복한 마음이 가득했다. 태교를 위해 십자수를 놓기도 했다.

대구에 연고가 없어서 출산은 시댁 가까이에 있는 병원에서 하기로 했다. 출산 날짜를 기다리며 아기에게 필요한 모든 준비를 끝냈다. 출산예정일이 보름 앞으로 다가온 휴일이었다. 아침부터 배가 간격을 두고 아팠다. 급히 아기용품과 필요한 것들을 챙겨 시댁이 있는 경기도로 출발했다. 고속도로를 타고 올라가는데 도로가 꽉 막히기 시작했다. 어딘가에서 교통사고가 났다고 했다. 차 안에서 진통이 시작되었다. 막혀 있는 도로에서 답답해하던 남편은 도로에 있던 경찰한테 급하다며 도움을 요청했다. 다행히 경찰의 도움으로 막힌 도로를 빠져나갈 수 있었다. 도로를 벗어나 경기도에 있는 병원까지 무사히 도착할 수 있었다.

병원에 갑자기 들어서니 의사 선생님이 당황해했다. 산모와 아이에 대하여 아무것도 아는 것이 없는 상태에서 갑자기 아이를 낳으러 왔으니 당연한 일이었다. 갑작스럽게 진통이 시작되면서 출산일이 빨라졌기에 어찌할 겨를도 없었다. 몇 시간의 진통 끝에 아기가 태어났다. 아기가 태어남과 동시에 진통이 사라졌다. 잠시 숨을 돌리고 있는데 아기를 보여줬다. 배 속에 있던 너무 궁금했던 아기를 마주 대했다. 내가 드디어 엄마가 되다니 감격스럽고 꿈만 같았다. 신생아실에 있는 아기를 볼 때마다 기쁨이 샘솟았고 아기를 향한 어떤 본능적인 마음이 생겼다.

몸이 회복된 후 아기와 함께 퇴원했다.

아기를 이불에 꽁꽁 싸매서 안고 퇴원하는데

'내가 아기를 잘 키울 수 있을까?'

라는 생각이 들면서 떨리고 걱정이 되었다.

아기는 잠들어 있는 시간이 짧았고 기저귀도 자주 갈아줘야 했다. 자다가 깨면 분유도 수시로 먹여줘야 했다. 몸은 힘들고 피곤했지만, 아기를 보고 있으면 금방 괜찮아졌다. 아기는 모유를 잘 먹지 않았다. 초유라도 열심히 짜서 먹이려고 애를 써봤지만, 분유만 먹었다. 아기의 건강을 위해서 모유가 좋다고 하는데 걱정이 되기 시작했다. 초유는 아주 조금씩 먹더니 더는 먹지 않았다.

아기가 갑자기 울면 배고 고픈 건지 기저귀가 불편한 건지 알 수가 없었다. 시일이 지나면서 아기가 왜 불편했는지 파악이 되었다. 아기를 안고 분유를 먹일 때 아기의 얼굴을 바라보았다. 꿈틀 꿈틀거리며 분유를 먹는 모습이 너무 사랑스러웠다. 목욕을 시킬 때가 가장 어려웠다. 탯줄이 물에 닿지 않게 씻기는 것이 얼마나 조심스러운지 혼자 해내기 어려운 일이었다. 도움을 주던 남편은 학기 중이라서 대구로 내려갔다.

시부모님 집에서 몸조리 겸 아기를 돌봤다. 어머님이 늘 정성스럽게 식사 준비를 해줬고 몸에 좋다는 호박즙부터 젖 잘 나오라고 돼지 족을 우려서 주기도 했다. 남편이 없어서 심적으로 힘들었지만, 아기를 보면 힘이 생겼다. 아기의 얼굴에 살이 조금씩 오르기 시작했다. 배냇저고리를 입은 아기를 여전히 이불에 꽁꽁 싸맸다. 열흘 정도 시댁에서 몸조리하다 대구 집으로 내려왔다.

온전히 남편과 함께 아기를 키워야 했다. 아기가 다치지 않게 잘 키워야 한다는 것이 우선이었다. 엄마가 되어 아기를 키우게 된다는 것에 대한 두려움과 기쁜 마음이 공존했다. 안방에 아기침대를 조립한 후 침구를 깔아놓았다. 아기가 밖으로 떨어지지 않도록 하는 안전한 침대였다. 그 침대에서 아기는 잘 자랐다. 아기가 너무 예쁘고 사랑스러워서 피곤함도 이길 수 있었다.

자다가도 아기가 뒤척이거나 거친 숨소리만 들어도 본능적으로 반응했다. 아기가 불편할까 봐 아플까 봐 온 신경을 곤두세우고 있었다. 엄마가 되는 즉시 아기도 존재 이유가 되었다. 아기를 돌보다가도 순간 엄마가 되었다는 현실이 믿기지 않았다. 내가 엄마가 되다니 경이로울 뿐이었다.

남편의 대학 졸업과 동시에 대구에서의 모든 생활을 끝내고 경기도에 있는 시댁으로 들어가서 살게 되었다. 남편은 대학원생이 되어 서울에 있는 학교에 다니기 시작했다. 아이가 먹을 이유식을 만들어 먹이면서 함께 그림책을 보며 대부분의 시간을 보냈다. 잠시 퀼트를 배우기도 했고 아이가 커가면서 친구들과 미술관이나 야외로 놀러 가기도 했다.

시댁에서 살다 보니 너무 의존하며 지내는 것에 죄책감이 들었다. 아이가 18개월이 되었을 때 일을 하기 시작했다. 어린이집에 우는 아이를 억지로 맡기고는 일에 집중했다. 엄마와 함께 지내다 갑자기 종일반에 다니게 된 아이는 한 달 정도 울며 등원했었다. 우는 아이를 맡기면서 남편과 함께 안타까워했다. 마음이 아팠지만 일을 해야 했다. 시간이 지났는데도 아이가 불안해하는 모습을 보면서 마음이 아팠다. 아이가 상처받는 것이 마음에 걸려 일을 그만두었다.

얼마 지나지 않아 남편이 학교에 자퇴서를 내고 대학원 공부를 그만두었다. 곧바로 일반회사에 취직하게 되었다. 공부하던 중 가족을 책임져야 한다는 생각에 취직한 것이었다. 남편이 고마우면서도 안쓰러웠다.

둘째를 임신하게 되었다. 임신한 지 5개월 되었을 때 시댁에서 아파트를 장만해주셔서 분가하게 되었다. 이사하고 둘째가 태어나면서 두 아이 엄마로 살아가기 시작했다. 아이가 둘이 되니 사랑을 분배하면서 키우는 것이 어려웠다. 둘째는 너무 어려서 온 신경을 써야 했다. 그러다 보니 큰아이한테 소홀하게 되어 미안했다. 큰아이도 소중한 아이인데 그리고 아직 아기인데 사랑을 골고루 똑같이 주며 키운다는 것이 체력적으로 한계가 있었다. 밤마다 큰아이에 대한 죄책감에 시달렸다. 혼자 사랑을 받다 동생이 생기면서 얼마나 속상했을까. 마음이 아파서 큰아이를 더 살피기 시작했다. 첫아이를 어린이집에 보내게 되면서 육아로 인한 피로가 줄었고 큰아이도 스트레스가 줄었다.

어린이집에 있는 친구들과 어울리게 되면서 더 활기차졌다.

두 아이의 엄마로 살다 보니 엄마가 해줄 것들이 너무 많다는 것을 알게 되었다. 정서적으로 상처 받지 않고 불안하지 않게 사랑을 듬뿍 주며 지지해줘야 하는 것이 가장 중요한 것이었다. 아이의 소화기관을 생각하면서 눈으로도 먹기 좋게 음식을 신경 써서 만들어 먹였다. 영양 섭취를 골고루 해줘야 하는 것도 중요했다. 위생적으로 깨끗하게 씻기고 깨끗한 옷을 입히는 것도 중요했다. 심심하지 않게 놀아주는 것도 너무 중요했다. 모든 영역에서 중요하지 않은 것이 없었다.

엄마가 해줘야 할 것들이 이렇게나 많은데 또 너무 버거운데 엄마가 되어 보니 더 엄마의 존재가 절실했다. 아이들과 놀이터에 나가면 엄마들이 여기저기서 이야기를 했다. 친정엄마가 아이 낳고 몸조리를 도와줬다거나 아이 육아를 도와줬다거나 정기적으로 반찬을 해 다 준다는 이야기가 부러우면서도 마음이 아팠다. 그런 도움은 꿈도 꿀 수 없는데 다른 엄마들이 자연스럽게 말하는 것에 불공평한 느낌이 들었다. 도움을 받는다는 자체가 육아로 지쳐 있는 상태에서 심리적으로 얼마나 위안이 될까. 물질적인 도움보다 정신적인 도움이 절실했다. 혼자 사투를 벌이는 것이 아니라 나의 힘듦을 곁에서 누군가가 보살펴 준다는 것에 심리적으로 안정이 되어 산후 우울증 따위는 찾아오지 않았을 것이다. 엄마가 되면서 내 엄마를 더 이해할 수 없게 되어 속상하고 서러웠다. 내 아이들만큼은 사랑을 듬뿍 주며 늘 곁에서 보듬어 줄 것이다. 나는 엄마니까.

아내로, 엄마로 살아가다니

오랫동안 전업주부로 살아왔다. 남편은 여전히 성실하게 회사를 잘 다니고 있다. 그 덕분에 두 아이를 온전히 돌볼 수 있었다. 두 아이를 양육하면서 도움이 필요하면 남편은 언제든지 도와줬다. 남편은 언제나 가정이 우선이었다.

"칙칙폭폭, 칙칙폭폭."

작은 아이가 잠든 사이 큰 아이와 재활용품을 활용하여 기차를 만들었다. 큰아이는 완성된 기차를 타고 집안 이곳저곳을 신나게 다녔다. 즐거워하는 큰아이를 보면서 그날 밤은 죄책감에 시달리지 않았다. 작은 아이를 키우느라 큰아이한테 소홀해질 때마다 자꾸 죄책감에 시달렸다. 큰아이와 그림을 그리면서 바닷가에서 주워 왔던 조개껍질을 활용하여 입체적으로 꾸미기도 했다. 직접 주워온 조개로 꾸미니 흥미로워했다. 빈 플라스틱병과 콩을 이용하여 마라카스를 만들기도 했다.

그 마라카스를 흔들면서

"학교 종이 땡땡땡, 어서 모이자. 선생님이 우리를 기다리신다."

노래를 부르며 즐거워했다.

어느 날은 집에 큰 상자가 생기게 되어 동화책에 나오는 큰 과자 집을 만들었다. 여러 종류의 과자와 초콜릿 볼을 준비해서 멋진 과자 집을 만들었다. 큰 아이는 눈이 휘둥그레지면서 즐거워했다. 나중에는 과자 집에서 과자를 하나씩 떼서 과자 집 안으로 들어가서 먹기도 했다.

아이의 오감을 자극해주며 아이가 직접 할 수 있는 것들을 만들게 하면서 같이 놀았다. 어느 날은 문득 내가 유치원 선생님 같았다. 아이와 무엇을 할까 늘 고민하며 놀이를 정하고 필요한 것들을 준비해 놓았다. 준비한 것들로 함께 만들며 놀이를 하면 재미있어했다. 큰아이가 즐거워하니 놀이와 관련된 고민을 하는 것이 보람 있었다.

작은 아이가 쑥쑥 자라고 있었다. 어느덧 형과 같이 앉아서 간식을 먹기도 했고 장난감을 가지고 놀며 아웅다웅 지내기도 했다. 작은 아이는 그림책을 보는 것과 노래하는 것을 좋아했다. 겨울에 눈이 내리는 날에는 꼭 눈사람을 만들며 놀았다. 형이 함께 놀아주니 늘 즐거워했다.

두 아이가 함께 놀고 있는 모습을 보면서 흐뭇했고 하루하루의 삶이 너무 소중하고 기쁘게 여겨졌다. 남편은 안정된 회사생활을 해주었고 아이들은 건강하게 쑥쑥 자라주었다. 아내로, 엄마로 행복하게 살 수 있음에 감사했다. 내 생에 가장 빛나던 시절이었다.

태어나서 3살까지가 중요하다며 오빠가 당부했었다. 아이들에게 사랑을 듬뿍 주며 최선을 다해 키우려고 노력했다. 나처럼 상처받지 않기를 바라면서 아이들의 세세한 부분까지 신경 쓰며 키웠다. 그 시절은 엄마가 되어서 온전히 아이들에게 집중했을 때였다. 최선을 다했기에 후회가 없었다.

엄마로 살면서 힘이 들 때 친정엄마 대신 시어머니 도움을 많이 받았다. 아이들이 입는 의류, 매일 먹는 식자재부터 과일, 고기류 등을 자주 사서 가져다줬고 무엇보다도 김치 종류는 떨어지지 않게 만들어서 가져다줬다. 부족함 없이 언제나 넉넉하게 채워줬던 시부모님께 항상 고마운 마음이 가득했다. 도와주는 친정엄마는 없었지만, 그 빈자리를 채워주고도 남는 시어머니가 있다는 것에 주눅 들지 않고 살 수 있었다.

'이 세상에 이런 시어머니는 우리 어머니밖에 없을 거야.'

라고 생각하며 지냈다.

안정되고 화목한 가정에 성품이 좋은 시부모님까지 있으니 가난하고 암울했던 지난 시절에 대하여 보상을 받는 것 같았다.

그저 남편을 사랑하여 결혼했을 뿐인데 예쁜 두 아이를 얻게 되었고 한결같은 시부모님의 사랑을 듬뿍 받으며 살고 있다니 감사한 마음이 들었다. 부족했던 사람을 며느리로 맞이해줬고 정성을 다해 모든 면에서 적극적으로 도와줬다. 아무런 조건 없이 베풀어 주는 시부모님의 진심 어린 사랑에 저절로 숙연해졌다. 분노로 가득했던 마음에 선한 마음을 품게 되었고 겸허한 마음이 들었다.

시부모님을 통해서 책임감이 어떤 것인지 알게 되었다. 책임감이 없었던 나의 부모님을 보면서 절망했던 지난 시절이 떠올랐다. 엄마가 되니 더 엄마가 필요했는데 시어머니가 엄마 대신 더 큰 사랑을 베풀어 줬다. 시부모님을 만난 것은 행운이었다.

나의 아이들에게 시부모님처럼 아낌없이 지원해주는 책임감 있는 엄마가 될 것이라고 매일매일 다짐해본다. 엄마로 살아간다는 것이 힘들고 어렵지만, 엄마가 되고 보니 엄마로 살아볼 가치가 충분하고도 넘쳤다. 엄마라서 행복하다.

우리 가족은 매년 봄 여행, 여름 여행, 가을 여행, 겨울 여행이라는 타이틀을 달고 아이들과 함께 여행을 다녔다. 당일치기 여행이 되기도 했고 몇 박 며칠의 여행이 되기도 했다.

남편은 늘 가족을 위해 배려를 해줬다. 저녁에는 퇴근 후 시간이 날 때마다 아이들을 데리고 서울대공원이나 놀이동산으로 갔었다. 놀이기구를 태워주며 놀아주기도 했고 대공원 잔디밭에서 아이들과 축구를 하기도 했다. 아이들은 얼굴에 웃음이 한가득 너무 만족스러워했다. 남편은 피곤함을 뒤로한 채 가족과 시간을 보내기 위해 애를 많이 썼다.

언젠가 남이섬으로 여행 갔을 때도 아이들은 타조를 보거나 다른 체험을 했지만 잔디밭에서 플라잉디스크로 놀이하는 것을 더 좋아했다. 아이들은 커가면서 보는 것보다 스스로 놀이하는 것을 더 좋아했다. 남편의 도움으로 육아가 힘든 줄도 모르며 지냈다.

남편은 내게 아이들을 사랑해주면서 잘 키운다며 너무 좋다고 표현을 많이 해줬다. 나의 따뜻함과 풍부한 감성도 좋다고 말해줬다. 나로 인해 감성이 풍부해지는 것 같다고 말해주기도 했다. 같이 밥을 먹으면 맛있는 반찬을 밥그릇 위에 살포시 올려 주던 자상함을 소유한 고마운 남편이었다. 회사에서 회식하면 음식이 맛있었다며 장소를 기억했다가 꼭 가족들을 데려가 먹게 해주었다. 좋은 것은 늘 가족한테 양보했다. 가슴속에서 우러나오는 배려가 내게는 큰 사랑으로 다가왔다. 회사 다니느라 본인은 더 힘들었을 텐데 아이들 키우느라 늘 고생이 많다며 오히려 내게 위로와 격려를 해주었다. 우울증으로 힘들 때도 남편의 관심과 사랑으로 버티며 이겨낼 수 있었다.

남편이 출근하기 전 매일 구두의 먼지를 닦으며 남편의 안전한 하루를 위해 기도하는 것은 나만의 의식이 되었다. 퇴근하면 따뜻한 밥상을 차려놓고 늘 상냥하게 맞아주었다. 남편이 불편한 것은 없는지 늘 살폈다. 때로는 소녀같이 남편한테 어리광을 부리기도 했다. 오빠 같은 남편이었다. 너무 든든하고 의지가 되었다. 남편이 퇴근하면 저녁을 먹은 후 매일 산책하러 나갔다. 산책하면서 끊임없는 대화를 나눴다. 대화를 많이 하다 보니 서로의 입장을 더 이해하며 배려할 수 있었다.

아이들이 중, 고등학생이 되면서 남편과 단둘이서 주말이 되면 나들이를 많이 다녔다. 계절 따라 꽃 따라서 여행지를 찾아다녔다. 여행지를 함께 다니면서 변함없는 남편의 모습에 감동하게 되었다. 남편을 더 소중하게 여기게 되었고 감사하는 마음이 깊어졌다. 남편은 나를 너무 아껴주며 사랑해줬다. 나또한 남편을 아끼며 사랑했다. 남편이 행복하면 나도 행복했다. 가장으로서 중심을 지켜주며 살아주는 모습이 존경스러웠다. 무책임했던 아버지를 보다가 성실하고 책임감이 강한 남편을 보니 존경하지 않을 수 없었다. 남편은 마음이 선하고 꾸밈이 없는 사람이었다.

남편의 관심과 사랑으로 결핍되었던 것들이 해소되니 남편이 더 대단하게 느껴졌다. 남편은 내게 행복을 주는 사람이다. 나 또한 행복을 주는 아내가 되고 싶다. 사랑이라는 울타리 속에서 마음껏 유영하며 아내로 엄마로 살아갈 수 있게 해준 남편한테 한없이 고마웠다. 그 사랑의 울타리는 안정감, 행복감, 평온함을 안겨주었다. 결혼 이후 풍요로움이 무엇인지 알게 되었고 매 순간 감사한 마음으로 살아가게 되었다.

기적, 함께 만들어가요

무책임하고 무지한 부모들이 얼마나 많은가. 방치되었던 수많은 아이가 어른이 되어 건강하게 살아갈 수 있을까? 슬픈 유년 시절의 기억들은 곳곳에 스며들어 성인이 되어서도 삶을 부정적으로 흘러가게 하고 긍정의 마음을 갉아먹는다. 슬픈 유년 시절을 보냈던 한 사람으로서 용서하고 다시 관계를 갖고 원활한 소통을 하려고 애썼다. 그렇지만 용서는 참 어려웠다. 머리는 용서하라고 하는데 가슴이 허락하지 않았다. 다만 더 미워하지 않고 살아가는 것이 최선이었다. 세상의 수많은 부모에게 외치고 싶다.

'제발 아이를 낳기 전에 부모가 될 준비를 하세요.'

'제발 부모가 되기 위해 공부 좀 하세요.'

아이들의 건강한 소통은 부모로부터 비롯되는데 방치된 아이들이 과연 건강하게 살 수 있을까? 부모를 정서적 가해자로 여기며 원망하며 살았다.

성인이 되면서 결혼이라는 것에 대해 생각해보았다. 화목한 가정에서 살아보지 못했던 내가 상처를 떠안고 과연 결혼이라는 것을 할 수 있을까? 결혼은 나와 상관없는 일인 것 같았다. 그러나 인생은 알 수 없는 것, 배우자를 만나게 되었다. 회사에 다니던 중 지인을 통해 인품 좋은 사람을 소개받았다. 그는 군 복무 중인 휴학생이었다. 사귄 지 2년 가까이 되었을 무렵 결혼이라는 이야기가 나왔다. 남자친구를 사귀면서 얼어붙었던 마음이 따뜻해져서인지 결혼을 긍정적으로 생각하게 되었고 자연스럽게 결혼을 하게 되었다. 학부생과 결혼했지만, 시댁의 도움으로 경제적 어려움 없이 지낼 수 있었다. 시댁에서 생활비를 줬지만, 남편은 학교생활과 아르바이트 생활을 하며 가장으로서 책임을 다했다. 첫아들을 낳으면서 전업주부로 살게 되었다.

불우한 시절을 보냈기에 내 가정은 최선을 다해서 잘 꾸려 갈 거라는 강박관념 때문이었는지 무책임한 부모의 모습으로 살지 않기 위해 노력하며 살았다. 그렇게 노력하며 살 수 있었던 원동력이 독서였다. 책이 안내자, 선생님, 부모님 대신이었다.

남편은 졸업한 후 대학원에 들어갔지만, 가정을 꾸리기 위해 대학원을 포기하고 일반기업에 취직했다. 안정기에 접어들면서 가정을 이뤄 아내로, 엄마로 살아갈 수 있다는 것에 감사하게 되었다. 아이들을 낳아 기르면서 살아가는 삶이 너무 귀하고 기쁘게 여겨졌다.

그러나 큰 아이에게 사춘기가 찾아오면서 그 시기를 같이 겪다 보니 모든 에너지가 어느 순간 고갈되었다. 잠재되어 있던 우울증이 찾아왔다. 절망의 끝에서 벗어나기 위하여 몸부림치기 시작했다. 에너지를 되찾기 위해 취미로 문화센터에서 배웠던 프랑스 자수, 색연필 그림, 애견 옷 만들기에 대한 열정이 하루아침에 시들해졌다. 그토록 좋아하던 프랑스 자수를 하지 않다니 내 마음이 고장 난 것임에는 틀림이 없었다. 고갈되었던 에너지는 좀처럼 되돌아오지 않았다.

　서점에 갔다가 우울증 관련 그림책을 발견했다. 우울증에서 벗어나는 그림 책이라니 내가 봐야 하는 책이었다. 그 책을 사서 읽고 또 읽었다. 공허함이 느껴지고, 즐거웠던 일이 갑자기 시들해지고, 기억력과 집중력이 떨어지고, 우울하지 않은척하며 내 감정을 속이고 점점 고립되어간다는 그림책의 내용 은 나의 상태와 너무나 똑같았다. 나의 마음에 들어와 보고 쓴 그림책 같았다. 이 책은 나의 상태를 관찰하게 해주었다. 또 고립되지 않기 위해 병원을 찾아 가 적절한 약물치료와 다른 치료를 병행해야 한다는 것도 알게 해주었다. 침 대에 누우려고 하지 말고 마음이 안정되는 것을 찾아서 하거나 운동을 해서 우울증이 들어오는 틈을 좁혀야 한다는 것도 알게 되었다. 내면의 소리에 귀 기울이면서 우울증이 찾아올 때 적절한 대응을 하면 우울증을 길들일 수 있 다고 했다. 그림책에 나오는 것처럼 실천해보았다. 그래도 우울증이 사라지 는 않았지만 꾸준한 실천과 독서를 통해 우울증을 극복할 수 있게 되었다.

　홀로 책을 보다가 소규모 독서 모임에 나가기 시작했다. 에너지가 조금씩 살아나기 시작했다. 다양한 독서를 하다 보니 우울증을 조절할 수 있게 되었 고 시간이 더 흐르면서 우울증을 다스릴 수 있게 되었다. 굿바이 우울증이 가 능해진 것이었다. 우울증에서 벗어나게 되면서 한동안은 긍정적이고 위로를 받을 수 있는 밝은 책만 찾아서 읽었다. 부정적인 것들은 보고 싶지 않았다.

　어찌할 도리가 없어 견뎌냈고 자수를 놓고 그림을 그렸으며 책을 읽었다. 음악을 들으며 주변을 둘러보게 되었다. 나를 다독다독 매만져 주면서 어느 새 밝은 사람이 되어가고 있었다. 책을 통해 큰 위로를 받으면서 나의 내면이 성숙해짐을 느꼈다. 부정적인 것들이 걷히기 시작하면서 행복을 찾아 여행이 나 취미활동을 다시 즐겼다. 괜찮은 사람이 되고 싶었다.

가난하고 지긋지긋했던 아버지를 더는 보지 않게 해달라고 마음속으로 수도 없이 외쳤던 지난날들을 지우개로 다 지워버리고 싶었지만, 그 고통을 견뎌왔기에 지금의 행복이 있는 것 같다. 내 우울증의 원천이었던 아버지를 용서한 것은 아니지만 이해해보기로 했다.

아이들은 건강하게 잘 성장하여 큰아이는 대학생, 작은 아이는 고등학생이 되었다. 큰아이가 대학에 들어간 후 내 마음에 드디어 평화가 찾아왔다. 마음의 여유와 시간적 여유가 생기면서 마침 취득해 놓은 자격증이 있어 베이비시터 일을 시간제로 하게 되었다. 일하면서 자기계발을 하기 시작했고 계획이 많아졌다. 상처에서 벗어난 나의 삶은 새로운 시작이었다. 책을 통해 의욕이 생기기 시작했고 삶의 열정이 더 강해졌다. 그 삶에 집중하며 자유롭게 오늘이 마지막인 것처럼 살 것이다.

결혼 21주년이 되기까지 남편은 한결같은 마음으로 조력자이자 가장 좋은 친구로 내 곁에 있어 줬다. 성품이 좋으신 시부모님, 배려와 사랑을 아끼지 않았던 남편을 만나 상처투성이였던 지난날들을 보상받듯 기쁨 충만한 결혼 생활을 하고 있다. 꿈조차 꿀 수 없었던 삶을 포기하지 않고 기다리니 내가 그려왔던 화목한 가정의 모습으로 풍요롭게 사는 것이 아닌가.

독서를 통해 얻은 배움으로 변화를 추구하며 실천하려고 노력했더니 원했던 삶에 가까이 다가갈 수 있었다. 결국에는 행복한 가정을 이루고 살게 된 것이다. 독서의 힘은 놀라웠다.

'나 같은 불우했던 사람도 행복할 수 있구나.'

'나 같이 상처가 많은 사람도 사랑받을 수 있구나.'

평범하지만 내겐 너무도 특별한 지금의 삶은 기적이 아닐 수 없다.

마치는 글

글을 쓰는 하루하루가 고통의 나날이었다. 기억하고 싶지도 않은 어린 시절의 불행을 드러낸다는 것이 불편했고 마음이 찢어지는 것 같았다. 마음이 아닌 글로써 또다시 아버지를 원망하고 있다는 것에 답답함이 밀려왔다. 그렇지만 나의 이야기를 써야만 했다. 고통 속에 풍덩 빠져서 나의 과거로 돌아가 나의 이야기를 쓰기 시작했다. 글쓰기를 매일 하다가 어느 순간은 분노가 극에 달했다. 열이 오르락내리락 좀처럼 가라앉지 않았다. 그런데도 계속 글쓰기를 이어나갔다. 시일이 한참 흘러서야 분노가 가라앉았다.

나의 아버지를 좀 더 깊이 있게 이해해보기로 했다. 곰곰이 생각해보니 아버지는 굉장히 자상하고 따뜻한 분이었다. 남편의 자상하고 따뜻한 성품이 아버지와 많이 닮아있다는 것을 글쓰기를 통해 깨달았다. 내가 남편으로부터 사랑을 받고 살 수 있었던 것은 어쩌면 아버지의 사랑이 바탕이 되었기에 사랑받고 산다고 생각하게 되었다. 아버지를 원망하기보다는 이해해보기로 했다. 점점 기력이 쇠해지고 늙어가는 아버지의 모습이 애처롭다.

평범한 주부로 살면서 글을 쓰고 책을 펴낼 수 있다는 것에 가슴이 떨렸다. 책 쓰기는 인생에서 뭔가 그럴싸한 업적이 있어야만 가능한 것이라고 여겼다. 그런데 지극히 평범하게 살아가던 내가 글을 쓰게 되고 이 글이 책이 되어 나올 수 있다니 믿어지지 않았다. 매일 매일 글을 쓰는 것은 신비로운 체험이었다. 내 안에 품고 있었던 아팠던 과거를 책 출판과 함께 애도하며 떠나보내고 홀가분하게 제2의 삶을 시작하고 싶다.

뜻하지 않게 글 속의 주인공이 된 아버지께 죄송한 마음을 전한다.

유년 시절부터 같은 고통을 안고 살아왔던 사랑하는 오빠와 동생한테 고마움을 전한다.

사회 초년기 시절 물심양면으로 도와주셨던 작은아버지께 감사한 마음을 전한다.

사춘기 시절 방황할 때 도와주셨던 시골 교회 목사님, 사모님께 감사한 마음을 전한다.

초등학교 때 글쓰기를 처음 알려주시고 꿈을 갖게 해 주셨던 6학년 담임 선생님께 감사한 마음을 전한다.

고등학교 시절 큰 위안이 되었던 지기들에게도 고마운 마음을 전한다.

결혼해서 21주년이 되도록 한결같은 사랑을 베풀어 주신 시부모님께 감사한 마음을 전한다.

마지막으로 편안하게 글쓰기를 할 수 있게 물심양면으로 도와주고 응원해 준 나의 영원한 친구인 사랑하는 남편과 언제나 비타민 같은 두 아들에게 고마운 마음을 전한다.